HELIOS

EIN LUK-KRIEGER-THRILLER

FLORIAN SCHWIECKER

Umschlaggestaltung: Designomicon - Anke Koopmann

Lektorat: Dr. Kirsten Reimers

Korrektorat: Rebecca Feist

Florian Schwiecker, c/o Switalski Berlin

Marienburger Str. 30a, 10405 Berlin

www.florianschwiecker.de

Luk Krieger hatte ein ungutes Gefühl. Er sah auf das Zifferblatt seiner Uhr. 20.37 Uhr. Noch acht Minuten, und Abdul Mohammad Ralani, einer der führenden Köpfe der *Islamischen Freiheitsbewegung*, der aggressivsten und rücksichtslosesten Terrorgruppe der Welt, würde aufhören zu existieren. Einen Tag zuvor war Ralani mit gefälschten Papieren in der ungarischen Hauptstadt eingetroffen, um sich hier mit den Mitgliedern einer lokalen Terrorzelle zu treffen.

Krieger blickte durch das Zielfernrohr seines Scharfschützengewehrs auf die Wohnung auf der gegenüberliegenden Straßenseite. Alles war dunkel. Das baufällige Haus, das sonst illegal eingereisten Flüchtlingsfamilien als Unterkunft diente, war an diesem Tag leer. Zumindest nach den Informationen des ungarischen Geheimdienstes. Und genau dieser Umstand bereitete Krieger Sorgen. Außer den Ungarn hatte niemand diese Informationen bestätigt.

20.41 Uhr. Noch vier Minuten.

Krieger atmete tief ein und aus, um sich zu konzentrieren. Er musste seine Ruhe finden, doch das fiel ihm heute schwerer als sonst. In den letzten beiden Jahren war er aufgrund der wachsenden Terrorgefahr in mehr Einsätze geschickt worden als in den fünf Jahren zuvor. Immer schneller und mit immer weniger Vorbereitung. Bis jetzt hatte er Glück gehabt, doch es war nur eine Frage der Zeit, bis ein Fehler passierte. Und in seinem Job endeten Fehler zumeist tödlich.

20.43 Uhr. Krieger rief sich noch einmal die Gesichtszüge seiner Zielperson vor sein inneres Auge. Dann überprüfte er ein letztes Mal die Einstellungen an seinem Gewehr, entsicherte die Waffe und legte seinen Zeigefinger an den Abzug. Seine Atmung und sein Puls waren jetzt vollkommen ruhig.

Um exakt 20.45 Uhr erhellte ein schwacher Lichtschein das rechte der drei Fenster in der vierten Etage des Altbaus. Durch das Zielfernrohr konnte Krieger sehen, wie jemand die Wohnungstür öffnete. Eine Person trat ein und schaltete das Licht im Flur an.

Der Mann war mittelgroß und hatte dunkle Haare. Allerdings stand er so mit dem Rücken zu Krieger, dass dieser sein Gesicht zunächst nicht erkennen konnte. Dann drehte der Dunkelhaarige sich um, und Krieger war sich sicher: Das war sein Mann.

Krieger atmete ein letztes Mal aus und zielte dann nicht auf Ralani selbst, sondern auf die Gastherme, die neben ihm im Flur angebracht war. Der Schuss würde eine Explosion auslösen, die das Gebäude zum Einsturz bringen und das Ganze wie einen Unfall erscheinen lassen würde. Und niemand, der sich jetzt noch darin aufhielt, hatte auch nur die geringste Chance, zu überleben. Während Krieger den Abzug seiner Waffe durchzog und das Magnum Geschoss auf seine todbringende Reise schickte, gefror ihm das Blut in den Adern: Im exakt selben Moment hatte sich eine der Türen im Flur geöffnet, und Krieger konnte deutlich das Gesicht eines kleinen Jungen erkennen, der Ralani mit verschlafenen Augen ansah.

EINS

Mara Balewa wischte sich mit einem Tuch den Schweiß von der Stirn. Das war ausgesprochen ungewöhnlich, denn die Klimaanlage des Meteorologischen Instituts funktionierte einwandfrei und hielt die Temperatur bei konstant dreiundzwanzig Grad Celsius. Doch es war auch nicht die Hitze, die der jungen Wissenschaftlichen Mitarbeiterin den Schweiß auf die Stirn trieb, sondern vielmehr die Zahlen auf dem Blatt Papier, das sie in den Händen hielt und ungläubig anstarrte. Drei Mal hatte sie die Messergebnisse überprüft, und drei Mal hatte sie das gleiche Resultat erhalten. Es gab keine Zweifel: Die Ozonschicht über der Sahara im nördlichen Gebiet des Tschads war auf einer Größe von einhundert Quadratkilometern komplett zerstört. Das war eigentlich unmöglich, denn noch vor einer Woche, als Balewa die letzte Messung durchgeführt hatte, war alles in Ordnung gewesen. Sie musste sich irren. Das konnte nicht sein. Es war unmöglich, dass innerhalb von einer Woche eine komplett intakte Ozonschicht quasi völlig verschwindet. Und es machte auch gar keinen Sinn, denn es hatte keine Anzeichen gegeben, dass so etwas passieren würde. Balewa griff in die Tasche ihrer beigen Leinenshorts und fischte ihr Smartphone heraus. Mit einer Wischbewegung öffnete sie das Display und wählte die Nummer ihres Chefs. Der würde wissen, was zu tun war.

»Madaki«, meldete sich der Leiter des Instituts.

»Professor, ich bin es, Balewa. Wir haben ein Problem.« Balewa war so aufgeregt, dass sie sich verschluckte und kurz innehalten musste, bevor sie weitersprach. »Ich weiß, es klingt unmöglich, aber wir haben ein ziemlich großes, nicht verzeichnetes Ozonloch über der Sahara, nahezu einhundert Quadratkilometer groß.«

»Das ist Quatsch«, erwiderte Madaki unwirsch. Der Leiter des Meteorologischen Instituts war ein über die Grenzen seines Landes hinaus anerkannter Klimaforscher, ein Spezialist auf seinem Gebiet. Er wusste, dass es unmöglich war, dass sich ohne jeglichen Grund ein so großes Ozonloch auf natürliche Art und Weise gebildet haben sollte. Er schnaufte, ehe er zu einer umfassenden Erklärung ausholte, darum bemüht, seiner Mitarbeiterin mit Geduld und Ruhe auf ihre Messfehler hinzuweisen. Er musste sich sehr zusammenreißen, denn er konnte es nicht leiden, wenn man ihn am Wochenende störte. Noch mehr allerdings verachtete er nachlässige Arbeit.

»Sie täuschen sich. Und ich bin ehrlich gesagt überrascht, dass Sie nicht selbst darauf gekommen sind. Denn wenn Sie eins und eins zusammengezählt hätten, dann hätte Ihnen klar sein müssen, dass das totaler Quatsch ist.« Er atmete tief und laut durch. »Also, wodurch wird die Ozonschicht zerstört?«

Balewa, die erst vor kurzem die Stelle als Wissenschaftliche Mitarbeiterin bei dem berühmten Professor angetreten hatte, hatte schon häufiger von dessen Ungeduld gehört, aber diese hatte sie noch nie getroffen. Bis jetzt. Doch das war unfair, dachte sie, denn sie arbeitete immer besonders präzise. Sie hatte den Anspruch an sich selbst, perfekte Arbeit abzuliefern. Und sie hatte die Messung zweimal wiederholt. Sie irrte sich nicht.

Doch wie sollte sie das dem Professor erklären, der ihr offensichtlich nicht glauben wollte?

»Balewa, sind Sie noch da?«, schallte es in deutlich ungeduldigerem Ton durch den Hörer.

»Doch, Professor, doch, ich bin noch da.«

»Na also, dann beantworten Sie doch netterweise meine Frage. Wodurch wird die Ozonschicht zerstört?«

»Chlorradikale, Salpetersäure, Stickstoff«, erwiderte die junge Afrikanerin, obwohl das natürlich nicht ansatzweise die recht komplexe Reaktion, die in der Stratosphäre ablief, wiedergab. Aber es war genug, um ihrem Chef zu zeigen, dass sie ihr Fach beherrschte.

»Na also«, erwiderte dieser in deutlich milderem Ton. »Und wenn wir dann noch die zeitliche Komponente mit einbeziehen, dann wissen Sie auch, dass es nicht sein kann. Also wiederholen Sie die Messung noch einmal, und Sie werden feststellen, dass Sie mich vollkommen zu Unrecht alarmiert haben.« Damit legte er auf.

Balewa seufzte, denn sie war sich sicher, dass sie keinen Fehler gemacht hatte. Eigentlich. Zweifel kamen in ihr auf. Oder hatte sie doch etwas übersehen? Der Professor war eine Autorität. Und sie selbst stand gerade erst am Beginn ihrer wissenschaftlichen Karriere. Hatte sie doch etwas falsch gemacht? Sie würde den Test noch einmal durchführen. Dieses Mal würde sie alle Schritte doppelt und dreifach überprüfen.

Balewa ging zurück ins Labor und fuhr den Computer, auf dem das Programm die Auswertung der Messergebnisse berechnete, runter und wieder rauf. Es dauerte fünf Minuten, bis die Systeme wieder geladen waren, eine Zeitspanne, die ihr endlos vorkam. Dann begann sie erneut, gab die Parameter in die Maske ein, kontrollierte jeden Schritt mit höchster Sorgfalt und drückte dann auf die Enter-Taste, um die Auswertung zu starten. Zum vierten Mal an diesem Tag. Wie gebannt starrte sie auf den großen Monitor. Schließlich warf der Rechner das

Ergebnis aus. Balewa schloss die Augen. Sie hatte sich nicht getäuscht. Da war ein riesiges Loch in der Ozonschicht. An einer Stelle, an der es noch nie Anomalien gegeben hatte. An einer Stelle, die vergangene Woche noch vollkommen intakt gewesen war.

Sie speicherte die Ergebnisse als PDF-Dokument und sendete sie mit einer kurzen Nachricht an den Professor.

Keine drei Minuten später klingelte sein Telefon.

»Bleiben Sie, wo Sie sind«, sagte Madaki ohne jedes Wort der Begrüßung. »Ich mache mich jetzt auf den Weg und bin in einer halben Stunde im Institut.«

Balewa war für einen Moment erleichtert, dass der Professor kam. Nicht nur, dass ihr Ruf wiederhergestellt war und ihr Chef ihr offensichtlich glaubte, Madaki würde auch wissen, was zu tun war. Doch dann wich die Erleichterung wieder dem Schrecken über das Messergebnis, denn ein unerklärlicher Schaden in der Ozonschicht war eine absolute Katastrophe.

ZWEI

Shiyan Yang saß an seinem schweren Mahagonischreibtisch und ging ein letztes Mal das Manuskript seiner Rede durch, die er gleich vor einer ausgewählten Gruppe von Industriemagnaten halten würde, als sein Telefon klingelte. Er schaute auf seine Uhr und beschloss, den Anruf nicht anzunehmen. Wer auch immer das war, musste warten, denn bis zu dem Empfang waren es nur noch knapp dreißig Minuten. Entsprechend verärgert war er, als sein persönlicher Assistent zwei Minuten später ohne anzuklopfen das Büro betrat. Er blickte von seinem Manuskript auf, und seinem Gesicht war anzusehen, dass er die Störung nicht begrüßte.

»Sir«, begann sein Assistent. »Professor Madaki ist in der Leitung und sagt, er ruft wegen etwas an, das er unbedingt mit Ihnen besprechen muss und das keinen Aufschub duldet.«

Das änderte die Situation schlagartig, denn Yang wusste, dass Madaki ihn niemals ohne einen triftigen Grund kontaktieren würde. Er kannte den afrikanischen Wissenschaftler schon seit vielen Jahren und schätzte ihn für seinen messerscharfen Verstand ebenso wie für seine Verdienste um die Klimaforschung. Die beiden Männer verband eine professionelle Freundschaft, denn schon öfter hatten sie Seite an Seite bei den UNO-Klimakonferenzen unbequeme Beschlüsse durchgefochten.

»Okay«, sagte er, »stellen Sie ihn durch.«

Der Assistent nickte nur kurz und verließ das Büro seines Chefs.

Yang schob sein Skript beiseite und nahm den Anruf beim ersten Klingeln seines Telefons an.

»Guten Abend, mein lieber Freund, was kann ich für dich tun?«

»Shiyan«, erwiderte Madaki mit nicht zu überhörender Anspannung in seiner Stimme. »Ich will gleich zum Punkt kommen. Wir haben eine Entdeckung gemacht, die mir große Sorge bereitet und bei der ich deinen Rat benötige.«

Yang setzte sich gerade in seinem Ledersessel auf. Die Stimme seines Freundes klang besorgt und ließ keine angenehme Nachricht erwarten.

»Worum geht es?«, fragte er, und Madaki informierte ihn in den folgenden fünf Minuten über das vor einem Tag entdeckte Ozonloch. Zwischenzeitlich hatten sie die ursprünglichen Messergebnisse durch zwei weitere Quellen einwandfrei bestätigen können, ohne dabei allerdings der Ursache für den Schaden in der Stratosphäre auf den Grund gekommen zu sein.

»Das ist eine ernste Sache«, sagte Yang. »Wir beide wissen, welche Bedeutung ein vergleichbares Ozonloch über besiedeltem Gebiet hätte. Die ungefilterten UV-Strahlen der Sonne würden bei Menschen schon in kurzer Zeit zu Hautkrebs und Augenkrankheiten bis hin zur völligen Erblindung führen.«

»Ja, genau. Aber es hätte auch gravierende Folgen für die Vegetation«, erwiderte Madaki. »Alle Pflanzen, die der Sonne schutzlos ausgesetzt wären, hätten keinerlei Überlebenschance. Wäre der Schaden an einer anderen Stelle aufgetreten, würde das kurzfristig zu Ernteausfällen und mittel- und langfristig zu Hungersnöten führen.«

Yang nickte. Madaki hatte recht. Eine unerklärliche Beschädigung in dieser Größenordnung, aufgetreten von einem Tag auf den anderen, war eine Katastrophe, wie sie ihm in seiner ganzen Karriere noch nie begegnet war. Was, wenn es noch weitere und größere Ozonlöcher gab, die sie nur noch nicht entdeckt hatten?

»Ich werde den Secretary-General informieren und für morgen Nachmittag eine außerordentliche Sitzung unseres Executive Committees einberufen. Sieh zu, dass du eine frühe Maschine bekommst und am Nachmittag in Genf bist. Sende mir bitte auch alle Informationen zu, die ihr habt. Ich werde sehen, dass ich noch einen Biochemiker hinzuziehe. Mal schauen, wen ich kriege. Entweder Damerow, aber der ist gerade in den USA. Oder Pflugfelder aus Berlin. Diese Angelegenheit duldet keinen Aufschub.«

Paul Führing fluchte leise vor sich hin. Erst war er mit einer zweistündigen Verspätung auf dem Boston Logan International Airport gelandet, und jetzt stand er zu allem Überfluss auch noch im Stau. Dabei waren die knapp fünf Meilen bis zu seinem Treffen mit den potenziellen Investoren im Ruth's Chris Steak House in der School Street eigentlich in fünfzehn Minuten zu schaffen. Doch jetzt saß er fest, und nichts bewegte sich mehr. Okay, dachte er genervt, dann muss ich wohl eine andere Route wählen. Er tippte die Zieldaten in das Navigationssystem seines Wagens ein, und der Computer startete die Suche nach der besten Strecke. Nach zwei Minuten hatte er noch immer kein Ergebnis ausgeworfen. Großartig, dachte Führing und griff nach seinem Smartphone. Wenn das Ding nicht funktioniert, dann eben so. Er gab die Adresse zum zweiten Mal ein, doch auch die App auf seinem iPhone fand keine Route. Frustriert warf er das Telefon auf den Beifahrersitz. Wenn sich in den nächsten fünf Minuten keine Lösung auftat, dann würde er seine Geschäftspartner anrufen müssen und ihnen seine Verspätung mitteilen. Er drehte das Radio an und switchte so lange zwischen den Sendern, bis er bei einem

Titel von The Prodigy hängen blieb. Er klopfte den Rhythmus auf dem Lenkrad mit und schaute dann wieder auf seine Uhr. 17.50 Uhr. Noch zehn Minuten bis zu seinem Termin. In vier Minuten würde er die Investoren anrufen, dachte er, als der Radio-DJ seine Aufmerksamkeit mit einer Verkehrsmeldung erregte. Führing drehte den Lautstärkeregler hoch. Der Sprecher teilte mit, dass im Großraum Boston derzeit die GPS-Systeme ausgefallen seien, und gratulierte mit einem Lachen all jenen Autofahrern, die noch Straßenkarten in ihren Autos hatten.

VIER

Luk Krieger drehte nachdenklich das Weinglas in seiner Hand hin und her, nahm einen Schluck von dem dunklen Nero d'Avola und stellte das Glas wieder vor sich ab. Er war eine Viertelstunde vor dem vereinbarten Zeitpunkt bei dem kleinen, aber sehr guten Italiener in der Knesebeckstraße unweit des Berliner Savignyplatzes eingetroffen. Wie so oft in den letzten Tagen musste er an seinen Einsatz in Ungarn denken. Das Gesicht des kleinen Jungen hatte sich in sein Gedächtnis eingebrannt und ließ ihn nicht mehr los. Er machte sich schwere Vorwürfe und überlegte wieder und wieder, was er hätte anders machen können, ja anders hätte machen *müssen*. Er hatte sich auf die Informationen verlassen, die er erhalten hatte, ohne diese zu überprüfen. Dafür hatte er keine Zeit gehabt. Und genau das war der Fehler gewesen, genau das war *sein* Fehler gewesen. Auf der anderen Seite hätte eine genauere Nachforschung Zeit gekostet und damit das Ziel seiner Mission und in der Folge auch Menschenleben gefährdet. Aber konnte man Menschenleben gegeneinander abwägen? Wer hatte das Recht, darüber zu entscheiden? Krieger wusste, dass er keine Antwort auf diese Frage finden würde. Nicht jetzt und nicht hier.

Er versuchte den Gedanken vorerst beiseite zu schieben und widmete sich wieder der vor ihm liegende Zeitung. Zum zweiten Mal las er den kurzen Artikel, den er neben den zahlreichen anderen Nachrichten beinahe übersehen hatte. Vor zwei Tagen, so hieß es, hatten tausende Autofahrer in den Neuenglandstaaten der USA den zeitweiligen Ausfall ihrer Navigationssysteme gemeldet. Das alleine war schon ungewöhnlich genug, dachte Krieger, denn auch wenn die Verbindung zu einem Satelliten abreißen konnte, schien ihm ein kompletter Systemausfall doch sehr unwahrscheinlich. Was ihn aber wirklich stutzig machte, war die Stellungnahme der für den Betrieb der Satelliten zuständigen US Air Force Einheit in Colorado. Der Pressesprecher hatte in einer Pressemitteilung, die erst vierundzwanzig Stunden nach dem Vorfall veröffentlicht wurde, verlautbaren lassen, dass es sich lediglich um eine Störung aufgrund von Satellitenwartungen handelte. Krieger war sich sicher, dass das nicht sein konnte, denn wenn die Air Force Wartungsarbeiten durchgeführt hätte, die zu einem zeitweiligen Ausfall der Satelliten führen konnten, hätten sie das im Vorfeld angekündigt. Ganz sicher aber nicht erst einen ganzen Tag nach dem Ereignis.

Blieb die Frage, wer oder was wirklich dahintersteckte, überlegte Krieger und trank einen weiteren Schluck Wein. Doch ehe er den Gedanken weiterführen konnte, spürte er eine Hand auf seiner Schulter. Er drehte sich um und musste lächeln. Es war Anna Cole, seine Partnerin beim SKT, dem Spezialkommando Terror. Cole war im Frühjahr von der Berliner Kripo zu ihnen gestoßen, nachdem sie beide gemeinsam eine Terrorserie aufgeklärt hatten, die Deutschland in Angst und Schrecken versetzt hatte. Im Anschluss hatte sie vor der Wahl gestanden, ob sie bei der Kripo bleiben oder sich Deutschlands streng geheimer Antiterroreinheit anschließen wollte. Die Wahl war ihr leicht gefallen, denn beim SKT hatte sie noch mehr als bei der Polizei die Möglichkeit, die wachsenden Gefahren zu bekämpfen, die sich aus dem internationalen Terrorismus ergaben. Und diesem Ziel hatte sie sich seit den Anschlägen Anfang des Jahres verschrieben.

Krieger stand auf und half seiner Kollegin aus dem Mantel. Er fühlte eine tiefe Verbundenheit zu ihr, war sich aber nicht ganz im Klaren darüber, ob das nur daran lag, dass sie ihm vor kurzem das Leben gerettet hatte, oder ob da noch etwas anderes war.

»Setz dich doch«, sagte er dann und zog den Stuhl an dem kleinen Tisch direkt am Fenster ein Stück vor.

Cole lächelte, strich sich mit einer Hand eine Strähne ihrer dunklen, mittellangen Haare aus dem Gesicht und nahm Platz.

Die Kellnerin brachte ein weiteres Weinglas und goss ihr aus der Flasche ein.

Für einen Moment sahen sie sich schweigend an, dann griff Cole zur Speisekarte.

»Weißt du schon, was du nimmst?«, fragte sie.

Gerade als Krieger antworten wollte, vibrierte sein Telefon, das neben seinem Glas auf dem Tisch lag. Er blickte auf das Display, stutzte kurz und zeigte dann Cole die SMS-Nachricht, die er eben erhalten hatte: *Ruf mich sofort an! PS*

»Wer ist PS?«, fragte Cole.

»Pak Sehun.«

Cole wusste, wer das war. Sehun hatte ihnen bei ihrem letzten Fall einige Daten besorgen können, die ihnen bei ihren Ermittlungen weitergeholfen hatten. Er war ein südkoreanischen Hacker, der in der Welt der Geheimdienste Berühmtheit erlangt hatte für seine an Magie grenzenden Fähigkeiten, mit Computern umzugehen. Kriegers und Sehuns Wege hatten sich in der Vergangenheit immer wieder gekreuzt, und das SKT hatte ihn schon häufiger beauftragt.

»Was will er?«, fragte Cole.

Krieger zuckte mit den Achseln. Er hatte keine Ahnung, denn normalerweise kontaktierte er Sehun, wenn er etwas brauchte. Dass Sehun sich bei *ihm* meldete, war bisher nicht vorgekommen.

Keine zehn Sekunden später vibrierte sein Telefon erneut. Dieses Mal enthielt die SMS eine Telefonnummer.

»Ich geh kurz raus und ruf ihn an, okay?«, meinte Krieger und verließ das *Pasta e Basta*. Er wollte nicht, dass das halbe Restaurant ihrer Unterhaltung folgen konnte.

FÜNF

STRASSE VOR DEM PASTA E BASTA

»Was gibt's, dass du mich so dringend sprechen musst?«, fragte Krieger, nachdem Sehun beim ersten Klingeln abgenommen hatte.

»Hast du schon von dem GPS-Ausfall in den USA gehört?«, fragte Sehun mit seinem schweren asiatischen Akzent. »Die Mitteilung der Air Force ist Bullshit.«

Krieger stutzte. Die Welt war doch voller Zufälle. »Ja, ich habe davon gelesen, gerade eben erst. Klingt wirklich komisch. Eigentlich hätten sie vorher Bescheid sagen müssen.«

»Genau«, erwiderte Sehun. »Aber nicht nur das. Dahinter steckt viel mehr. Die Air Force ist komplett ratlos, warum die Satelliten ausgefallen sind. Sie haben keine Ahnung, wie bei fünf Satelliten zur gleichen Zeit die Onboard-Rechner runtergefahren werden konnten, nur damit sie sich dann wieder rebooten.«

»Was ist daran so ungewöhnlich?«, fragte Krieger.

»Na ja, das ist ganz einfach. Ein solcher System-Reboot kann nicht automatisch erfolgen, das bedeutet, er wird immer von außen angestoßen. Und unsere Freunde bei der Air Force haben diesen Befehl nicht erteilt. Wir können auch ausschließen, dass es sich um einen Zufall handelt, denn dass sowas bei fünf Rechnern, die unabhängig voneinander arbeiten, gleichzeitig auftritt, ist genauso wahrscheinlich, als wenn du im Lotto gewinnst, zur gleichen Zeit vom Blitz erschlagen und von einem Auto überfahren wirst.« Sehun schwieg für einen Moment, offensichtlich weil er wartete, ob Krieger alleine zur richtigen Schlussfolgerung gelangen würde.

»Also hat jemand von außerhalb auf die Systeme zugegriffen? Aber wer könnte das sein? Und warum sollte jemand die Satelliten hacken?«

»Tja, das ist die Eine-Million-Dollar-Frage«, sagte Sehun. »Und das ist auch der Grund, warum ich dich anrufe, mein Freund. Denn wer die GPS-Satelliten kontrolliert, kontrolliert damit in Wirklichkeit viel mehr.«

»Was meinst du damit?«

»Wenn die Systeme so manipuliert würden, dass die Signale alle eine geringe Ungenauigkeit sendeten, hätte das katastrophale Auswirkungen auf die Luft- und Seefahrt, vom normalen Straßenverkehr mal ganz zu schweigen.«

»Okay«, erwiderte Krieger. »Aber warum kommst du damit zu mir? Hört sich für mich so an, als wenn das in erster Linie ein US-Problem wäre, oder?«

»Ja, das könnte man meinen, aber die Jungs da drüben haben noch nicht einmal rausgefunden, wie ihr System gehackt wurde und von wo.«

»Und wie wurde es gehakt?«

Sehun lachte. »Extrem clever. Sie haben die Signale zum Runterfahren der Rechner versteckt.« Er machte eine kleine Pause. »Ich will es mal so erklären, dass auch du es verstehst. Das Navi in deinem Jeep ist immer mit mindestens drei Satelliten verbunden. Die Satelliten senden ein Signal, anhand dessen dein Navi ausrechnet, wo sich dein Auto gerade befindet. Genau dieses Signal haben die Hacker genutzt, um darin ihre Daten zu verstecken, die sie zu den Satelliten geschickt haben. Technisch extrem aufwändig, aber brillant unauffällig. Ich bezweifle, dass die Jungs von der Air Force oder von einem ihrer Geheimdienste in den nächsten Tagen dahinterkommen.«

»Bleibt noch immer die Frage, warum du mich kontaktiert hast«, hakte Krieger nach. »Du hättest doch wohl eher unseren US-Freunden Bescheid sagen sollen, oder?«

»Ach Krieger, natürlich hätte ich das nicht. Denn zum einen kann ich sie nicht wirklich leiden, und zum anderen wurden die Satelliten nicht aus den USA gehackt, sondern aus Deutschland!«

»Bist du sicher?«

»Ja, zu einhundert Prozent. Das Signal war verschlüsselt, komprimiert und ist durch so viele verschiedene VPN-Tunnel gelaufen, dass ich es fast verloren hätte, aber dann habe ich es doch gefunden. Der Hack erfolgte ganz eindeutig aus Deutschland. Um genau zu sein, aus Berlin.«

Krieger zog seine Stirn in Falten. »Okay«, sagte er dann. »Ich kümmere mich darum. Hast du was an Material, das du mir schicken kannst?«

»Ich lade alles auf die SKT-Server, wenn du mir einen Zugang gibst. Ansonsten besorge ich mir den selber«, sagte er und lachte laut.

Krieger wusste, dass Sehun keinen Spaß machte, sendete ihm aber trotzdem die Daten zu. Er musste es ja nicht drauf ankommen lassen, auch wenn er sich sicher war, dass es auf der ganzen Welt nicht ein einziges System gab, in das sich Sehun nicht einhacken könnte.

Als Krieger wieder ins Restaurant zurückkehrte, brachte die Kellnerin gerade zwei Teller mit Nudeln. Perfektes Timing, dachte Krieger und dankte Cole für ihre gute Wahl. Spaghetti mit Salsiccia und Tomatensauce. Während sie ihre Pasta aßen, erzählte Krieger, was er von Sehun erfahren hatte. Im Anschluss zahlten sie und begaben sich auf direktem Weg in die SKT-Zentrale. Die Sache war zu wichtig, als dass sie bis zum nächsten Tag warten konnte.

SECHS

»Nein, Mrs Secretary-General, nein! Ich muss Ihnen aufs Deutlichste widersprechen. Wir können die Ergebnisse nicht auf eine Anomalie in der Stratosphäre zurückführen. Wir müssen vielmehr davon ausgehen, dass es sich um einen gezielten Anschlag handelt, der ein Ziel und nur ein Ziel hatte: die Ozonschicht im Tschad zu zerstören.« Madaki hatte sich in Rage geredet, aber nach zwei Tagen voller ergebnisloser Sitzungen lagen seine Nerven blank.

Das wurde noch dadurch verstärkt, dass Mila Haber, die Leiterin des CAS, zum aktuellen Zeitpunkt immer noch nicht mit den Informationen über das Loch in der Ozonschicht an die Öffentlichkeit gehen wollte. Sie sagte, das hätte keinen Sinn, da der Ursprung noch nicht geklärt war; diese Nachricht würde nur für Unruhe in der Bevölkerung sorgen. Was das Volk nicht verstand, machte dem Volk Angst, so Haber.

Madaki stimmte der Leiterin des CAS zwar insoweit zu, dass eine entsprechende Meldung wirklich für ziemlichen Wirbel sorgen würde, aber das war noch viel weniger, als Madaki gerade selbst fühlte. Ihn plagte eine andere große Sorge, die nahe an der Grenze zur Angst lag: Die Untersuchungen der letzten Tage hatten ergeben, dass sie kein Stück weitergekommen waren. Das war für Madaki der Beleg dafür, dass es keine natürliche Ursache für das Loch geben konnte. Das ließ nur einen einzigen Rückschluss zu: Das Loch war künstlich und damit von Menschenhand geschaffen. Und wenn jemand die Ozonschicht über der Sahara zerstören konnte, dann konnte er womöglich noch viel größere Ozonlöcher an anderen Stellen der Welt erzeugen. Oder mit anderen Worten: Wer das konnte, hatte eine der mächtigsten Waffen der Welt in seinen Händen.

Das Problem war auch, dass Damerow, der Biochemiker, der ebenfalls an der Besprechung hätte teilnehmen sollen und der mit Sicherheit etwas mehr zu dem Entstehen des Lochs hätte sagen können, entgegen seiner Zusage doch nicht zu dem Meeting erschienen war. Er hatte nur eine E-Mail geschickt, dass er an einer Grippe erkrankt in New York in seinem Hotelzimmer läge und unmöglich reisen könnte.

»Was wollen Sie der Presse denn mitteilen?«, bohrte Haber weiter nach und war dem afrikanischen Professor einen sarkastischen Blick zu. »Dass wir eine Anomalie haben, die wir uns nicht erklären können? Mit welchem Ziel wollen Sie das mitteilen? Um eine Panik auszulösen?«

»Ich bin der Meinung, die Öffentlichkeit hat ein Recht darauf, davon zu erfahren. Wir reden hier schließlich nicht über irgendeine Anomalie. Wir haben ein Loch in der Ozonschicht, das augenscheinlich künstlich erzeugt wurde, ohne dass wir bis jetzt eine Ahnung haben, wie das geschehen sein könnte.« Madaki holte tief Luft. Er wusste, dass das seine letzte Chance war, die Leiterin des CAS zu überzeugen, die Informationen weiterzugeben. »Madame, ich fürchte, dass es nicht bei dem einen Loch bleibt. Wenn es von Menschenhand geschaffen wurde, könnten diese Menschen ein weiteres Loch in der Stratosphäre provozieren. Und das könnte fatale Folgen für uns alle haben. Wenn wir allerdings mit den Daten an die

Öffentlichkeit gehen, dann wird das Ermittlungen nach sich ziehen, von Behörden, die den Tätern vielleicht auf die Spur kommen.« Er hielt kurz inne und sammelte seine Gedanken für seinen letzten Satz. »Darum, verehrte Kollegin Haber, darum geht es mir hier, dass ein solcher Anschlag nicht wieder passiert.«

Haber dachte nach. Auch wenn sie sich weigerte zu glauben, dass das Loch in der Ozonschicht künstlich und vorsätzlich erzeugt worden war – denn wer sollte so etwas tun – hatte sie das Wort »Anschlag« nachdenklich gemacht. Wenn Madaki Recht hatte und es zu einem zweiten Loch über bewohntem Gebiet käme und sie nicht rechtzeitig auf diese Gefahr hingewiesen hätte, obwohl sie von einem anerkannten Experten wie Madaki darauf aufmerksam gemacht worden war, dann würde das das Ende ihrer Karriere bedeuten. Und das konnte sie auf keinen Fall zulassen.

»Okay, ich habe Ihre Bedenken gehört. Sie scheinen mir stichhaltig genug.« Sie wandte sich an Yang, der dem Disput schweigend zugehört hatte. »Bereiten Sie eine Presseerklärung vor und legen Sie sie mir bis morgen Vormittag auf den Tisch. Gegen Mittag wird die Erklärung dann zusammen mit drei bis vier anderen Meldungen auf unserer Website veröffentlicht. Damit sollten wir unserer Berichtspflicht genügen.« Sie schaute in die Runde. »Damit ist die Sitzung für heute beendet und bis auf Weiteres vertagt. Ich danke dem Kollegen Madaki für seinen Einsatz und ich wünsche Ihnen eine gute Heimreise.« Sie erhob sich, nickte kurz in die Runde und verließ den Konferenzraum.

SIEBEN

BERLIN, HAUPTQUARTIER DES SKT AM GLEICHEN
ABEND

Cole und Krieger saßen im Büro von Hugo Karch, dem Chef des SKT. Krieger hatte die wesentlichen Punkte seines Gesprächs mit Sehun zusammengefasst, und Karch hatte jedes Wort genau verfolgt. Als Krieger seinen Bericht beendet hatte, faltete Karch seine Hände und schaute seinen beiden Agenten an.

»Wenn unser koreanischer Freund recht hat«, sagte er, »und nach allem, was wir von ihm wissen, scheint er sehr zuverlässig zu sein, dann haben wir tatsächlich ein Problem. Ein großes Problem. Der überwiegende Teil der zivilen Luftfahrt nutzt die GPS-Satelliten zur Navigation. Wenn die Daten auch nur temporär manipuliert werden, dann könnten die Verursacher mit einem Schlag Hunderte von Flugzeugen vom Kurs abbringen.« Er hielt kurz inne. »Damit wären sie in der Lage, Katastrophen auszulösen, die 9/11 und alle terroristischen Anschläge der vergangenen Jahre bei Weitem in den Schatten stellen würden.«

Krieger und Cole nickten. Die Gefahr, die sich hinter diesem kurzen Satellitenausfall verbarg, war immens.

»Aber bevor wir uns weiter Gedanken machen, was zu tun

ist, schlage ich vor, dass wir erst mal die Informationen verifizieren. Ich werde Colonel Jenkins von der Task Force Blue anrufen, und dann sehen wir weiter. Wenn Sie mich bitte kurz entschuldigen würden. Seien Sie doch so gut und warten Sie im Besprechungsraum auf mich.«

Auf dem Flur vor Karchs Büro fragte Cole: »Was um alles in der Welt ist die Task Force Blue?« Cole, die noch wenig Erfahrung in der Welt der Geheimdienste und Special Forces hatte, wunderte sich fast täglich über das weitreichende und immer komplexer werdende Netz internationaler Verbindungen.

»Task Force Blue ist der inoffizielle Name einer US-amerikanischen Antiterroreinheit, die vor allem innerhalb der USA operiert. Ihre Bezeichnung hat sie der legendären Task Force Black zu verdanken, einer Gruppe von Spezialkräften, die Jenkins seinerzeit im Irak befehligt hat. Unter seiner Führung wurden mehr als dreitausend Al-Kaida-Kämpfer festgenommen, eine enorme Anzahl. Im Anschluss an seine Zeit im Mittleren Osten wurde Jenkins dann auf Initiative des Präsidenten mit der Bildung einer vergleichbaren Einheit für Einsätze innerhalb der USA beauftragt. Die haben da ein ähnliches Problem wie wir: Es gibt immer mehr Anschläge, die im eigenen Land geplant und durchgeführt werden. Bei der Rekrutierung seiner Mitarbeiter hat er auf viele seiner ehemaligen Kampfgenossen zurückgegriffen. Das hat dann auch zu dem Code-Namen der Einheit geführt.« Krieger hielt inne, denn sie hatten den Konferenzraum des SKT erreicht. Er öffnete die Tür in den fensterlosen und abhörsicheren Raum und schaltete das Licht an, ehe er fortfuhr. »Blue hat Einsicht in alle Daten der US-Geheimdienste und Bundesbehörden und einen nahezu unbeschränkten Zugriff auf Ressourcen.«

»Und woher kennt Karch Jenkins?«

»Es gibt einen Zirkel der Geheimdienstchefs ausgewählter Nationen, dem sowohl Karch als auch Jenkins angehören.«

Krieger und Cole setzten sich und warteten auf ihren Chef, der keine fünf Minuten später den Raum betrat.

»Sehun hat recht«, sagte er und nahm an der Stirnseite des langen Besprechungstisches Platz. »Jenkins hat bestätigt, dass die Satelliten gehackt wurden und für etwas mehr als zehn Minuten der Kontrolle der Air Force entzogen waren. Im Anschluss hatten sie wieder völligen Zugriff auf ihre Systeme. Sie werden jetzt checken, ob auch Sehuns Theorie des Daten-Uploads zutreffend ist, und dann entsprechende Gegenmaß-nahmen einleiten.«

»Das heißt, Jenkins und sein Team sind bereits an der Sache dran?«, fragte Cole.

»Nicht wirklich«, erwiderte Karch. »Die Air Force hat die Ursache des Ausfalls bisher noch nicht geklärt und kann deshalb noch nicht sicher von einem Hack von außen ausge-hen. Zumindest wollen sie es nicht zugeben. Vermutet haben werden sie es schon. Das wird sich allerdings sehr schnell ändern, wenn Sehuns Theorie bestätigt wird. Dann wird Jenkins sofort den Zuschlag erhalten. Allerdings werden auch CIA und FBI mitmischen, denn die Sache hat zu große Bedeu-tung. Die einzelnen Dienste werden sich also wieder mal gehörig auf die Füße treten.«

»Welche Rolle wird denn das SKT dabei spielen?«, wollte Cole wissen.

»Das hängt ein bisschen davon ab, wie Jenkins tickt. Gehen wir mal davon aus, dass er den Auftrag erhält, der Sache auf den Grund zu gehen, dann wird er offiziell um unsere Unter-stützung ersuchen.«

»Wegen Sehun?«, warf Krieger ein.

»Wegen Sehun«, bestätigte Karch. »So wie es aussieht, hat Ihr koreanischer Freund, dessen Abneigung gegen die US-Dienste ja sprichwörtlich ist, Fähigkeiten, die zur Klärung des Falles enorm wichtig sind. Und da Sehun ein Freelancer ist, kommt Jenkins nur über uns an ihn ran. Der zweite Grund ist, dass der Hack offensichtlich von deutschem Boden gestartet wurde, obwohl wir in den Unterlagen von Sehun dazu keine Bestätigung finden konnten.«

»Das heißt, wir warten ab?«, fragte Cole.

»Ganz genau das heißt es. Also, sehen Sie zu, dass Sie beide eine Mütze Schlaf bekommen. Ich habe das Gefühl, dass Sie ab morgen wieder im Einsatz sind.«

Damit beendete Karch die Besprechung und verließ den Konferenzraum.

»Was meinst du, Luk, was steckt dahinter?«

»Keine Ahnung. Aber ich habe das Gefühl, das wird sich schon sehr bald ändern. Komm, ich fahr dich nach Hause. Karch hat recht, wir werden den Schlaf brauchen.«

ACHT

METEOROLOGISCHES INSTITUT DER UNIVERSITÄT N'DJAMENA, TSCHAD

»K ommen Sie, Balewa, Sie haben das Loch entdeckt, dann werden Sie auch mit mir zusammen die Ursache klären.«

Professor Madaki sah seine Assistentin über den kleinen Tisch in der Cafeteria der Universität hin an.

»Lassen Sie uns mal brainstormen, vielleicht kommen wir beide der Sache ja auf die Spur.«

So überrascht Balewa war, so begeistert war sie auch. Der Professor fragte ausgerechnet sie, ob sie mit ihm zusammen das Rätsel lösen wollte. Und das, nachdem er anfangs so skeptisch gewesen war. Balewa war überwältigt und stolz zu gleich. Sie würde alles dafür tun, ihren Chef nicht zu enttäuschen, und sie spürte, wie ihre anfängliche Aufregung einem unbedingten Willen wich, jetzt nicht zu versagen.

»Wir sind Wissenschaftler«, fuhr Madaki fort, »und deshalb können wir eins mit Sicherheit sagen: keine Reaktion ohne Aktion. Weiter können wir davon ausgehen, dass es sich um ein künstlich herbeigeführtes Ereignis handelt, dass also Menschen dahinterstecken. Denn auch wenn ich jeden

Sonntag in die Kirche gehe, möchte ich den lieben Gott als Verursacher hier mal ausschließen.«

»Das stimmt, Professor, da haben Sie recht. Und wir wissen auch, dass am Ende eine chemische Reaktion in der Stratosphäre stattgefunden haben muss.« Balewa hielt inne und sprach aus, was auch ihr Chef bereits dachte. »Was also, wenn jemand eine chemische Reaktion in der Stratosphäre verursacht und damit die Zerstörung der Schicht herbeigeführt hat?«

»Ja, das ist eine gute Theorie. Bleibt die Frage, wie man, ohne große Aufmerksamkeit zu erregen, eine solche Menge Chemikalien in die Stratosphäre bekommt. Und natürlich auch, wer in der Lage ist, diese toxische Bombe zu bauen.«

»Braucht es tatsächlich eine große Menge?«, fragte Balewa, griff sich ein Blatt Papier, einen Stift und führte einige Berechnungen durch. Als sie fertig war, schob sie den Zettel in die Mitte des Tisches. »Schauen Sie, auch wenn wir hier von einem Loch von einhundert Quadratkilometern reden, sind das am Ende gerade mal zehn mal zehn Kilometer. Und wenn wir rund um die freigesetzten Chemikalien für die Verteilung günstiges Wetter haben, reicht auch eine mittelgroße Menge.« Sie machte mit ihrem Kugelschreiber einen Kreis um das Ergebnis ihrer Gleichung.

Madaki nickte zustimmend. »Bleibt die Frage, wie die Chemikalie unerkannt in die Stratosphäre gelangt ist.«

»Ich glaube, darauf gibt es eine ganz einfache Antwort«, erwiderte Balewa und drehte ihren Laptop so um, dass der Professor einen Blick auf die aufgerufene Internetseite werfen konnte. Dort stand in großen Lettern:

STARTE DEINE EIGENE WELTRAUMMISSION
Mit dem Wetterballon in die Stratosphäre!
Wir zeigen dir, wie es geht.
https://www.stratomission.com

Früh am nächsten Morgen holte Cole Krieger von zu Hause ab. Sie parkte ihren schwarzen Alfa Romeo vor dem typischen Berliner Altbau und schickte ihm eine Whats-App-Nachricht, um Bescheid zu sagen, dass sie da war. Während sie auf ihn wartete und einen Schluck von ihrem Coffee-to-go trank, dachte sie darüber nach, wie sehr sich ihr Leben in den letzten Wochen verändert hatte. Als Tochter eines US-Soldaten und einer deutschen Mutter in Berlin geboren, hatte sie schon als Teenager gewusst, dass sie zur Polizei wollte. Dort hatte sie sich von Anfang an in einer von Männern dominierten Welt beweisen müssen. Gegen oftmals großen Widerstand hatte sie sich im Laufe der Jahre nach oben gearbeitet und nach und nach auch den Respekt ihrer männlichen Kollegen erlangt. Als Hauptkommissarin bei der Kripo hatte sie täglich mit Gewalt, Verbrechen und Drogen zu tun gehabt und war sich sicher gewesen, dass ihr keiner mehr etwas vormachen konnte. Wie sehr sie sich getäuscht hatte, war ihr erst klargeworden, als die hässliche Fratze des Terrorismus Deutschland aus seinem Dornröschenschlaf gerissen hatte. Durch einen Bombenanschlag, in dem sie ermittelt hatte, war sie in Kontakt mit dem SKT gekommen und hatte schließlich die Gelegenheit ergriffen, dorthin zu wechseln. Neben dem Reiz, in der Zukunft für Deutschlands geheimste Antiterroreinheit zu arbeiten, war allerdings auch Krieger ein Grund für diese Entscheidung. Ohne genau erklären zu können, was sie an dem geheimnisvollen Agenten so faszinierte, wusste sie ganz genau, dass sie mit ihm zusammenarbeiten wollte.

Keine drei Minuten später kam Krieger durch die Haustür. Seine Haare waren noch nass und wie immer leicht zerzaust, sein dichter Bart war mindestens fünf Tage alt. Krieger trug eine dunkelblaue Jeans, Stiefel und über seinem weißen T-Shirt eine schwarze Winterjacke. Wenn Cole nicht gewusst hätte, dass er bald vierzig wurde, hätte sie ihn glatt zehn Jahre jünger geschätzt. Sie beugte sich über den Beifahrersitz, um ihm die Tür zu öffnen.

»Danke, dass du heute fährst«, sagte Krieger während er einstieg und Platz nahm.

»Das ist reiner Eigennutz«, lachte Cole. »Ich möchte gerne heil im Büro ankommen.« Krieger war für seine Fahrweise, die mehr auf eine Renn- oder Ralleystrecke als in den Berliner Straßenverkehr gehörte, berüchtigt.

Krieger ignorierte diese Spitze gelassen, schnallte sich an, lächelte ebenfalls und sagte nur trocken: »Na dann!«

Cole startete den Wagen und fuhr über die Bundesallee Richtung Zehlendorf.

»Was meinst du, wie geht's jetzt weiter?«, fragte sie.

»Schwer zu sagen, hängt davon ab, wie sich die Amis aufstellen. Ich denke, das werden wir gleich erfahren. Aber wenn wir tatsächlich in die USA fliegen«, fuhr Krieger fort, »um Jenkins und seine Truppe zu unterstützen, wird das sicher kein Spaziergang.«

Cole, die diese Bemerkung auf die Herausforderung des Falles und nicht auf die Zusammenarbeit zweier Geheimdienste bezog, hatte noch keine Ahnung, wie recht Krieger mit seiner Einschätzung behalten sollte.

Nicht mal fünfzehn Minuten später bogen sie auf den Parkplatz des SKT ein. Nachdem sie sich beim Pförtner ausgewiesen hatten und mit dem Fahrstuhl in die oberste Etage des eher unauffälligen Gebäudes gefahren waren, meldeten sie sich bei Karchs Assistentin.

»Sie werden bereits erwartet«, sagte diese nur und öffnete die Tür zu dem schmucklosen Büro ihres Chefs.

»Guten Morgen, schön, dass Sie da sind. Bitte nehmen Sie Platz«, begrüßte sie Karch und deutete auf die beiden Stühle auf der ihm gegenüberliegenden Seite seines Schreibtisches.

»Jenkins hat gerade offiziell unsere Unterstützung in dem Fall erbeten«, teilte er seine Agenten mit. »Voraussetzung ist allerdings, dass wir auch auf die Hilfe unseres koreanischen Freundes zählen können.«

»Das habe ich bereits geklärt«, erwiderte Krieger. »Allerdings besteht Sehun darauf, dass der Kontakt ausschließlich über uns erfolgt, und er nicht direkt mit den Amis sprechen muss.«

»Gut«, antwortete Karch zufrieden. »Damit sind Sie offiziell im Rennen. Jenkins hat den Fall einem seiner besten Agenten übertragen, Paul Harper. Ich schlage vor, dass Sie sich direkt mit Harper in Verbindung setzen und dann der Spur nachgehen, von wo aus, und damit auch von wem, die Satelliten gehackt wurden. Aber am Ende bleibt Ihnen das überlassen. Ich wünsche Ihnen viel Erfolg!« Karch reichte Cole und Krieger jeweils eine Akte über den Tisch, die die wesentlichen Details ihrer Mission enthielten. Dann stand er auf und beendete die morgendliche Besprechung.

»Kümmerst du dich mit Sehun um die Quelle in Berlin? Ich werde in der Zwischenzeit eine Video-Schaltung mit Harper für 15 Uhr ansetzen«, schlug Cole vor. »Dann ist es bei

ihm 9 Uhr morgens, und er sollte Zeit für ein erstes Kennen-
lernen haben.«

»Perfekt«, erwiderte Krieger und schaute auf die Uhr. »Es
ist jetzt halb zehn. Lass uns um halb drei im Konferenzraum
treffen, dann können wir uns noch kurz abstimmen.«

»Geht klar«, stimmte Cole zu, und die beiden Agenten
machten sich an die Arbeit.

ZEHN

»Sie haben was?« Ethan Moore, Gründer und CEO des Tech-Giganten Pascal, war außer sich vor Wut. Er, der sonst immer so in sich ruhte und den schier nichts aus der Fassung bringen konnte, zitterte jetzt am ganzen Körper.

»Sir, ich weiß auch nicht, wie das geschehen konnte«, versuchte Michele Lorenzo, der Sicherheitschef des Unternehmens, sich zu rechtfertigen, doch Moore fiel ihm ins Wort:

»Wir reden hier nicht von irgendwelchen gottverdammten Laptops, die uns gestohlen wurden. Wir reden von drei Trägerraketen. Wissen Sie überhaupt, welchen Wert die haben?« Moore nahm einen der Ordner, die vor ihm auf dem Schreibtisch lagen, in die Hand, und für einen Moment sah es so aus, als würde er damit auf sein Gegenüber einschlagen wollen. Doch stattdessen atmete er tief ein und aus, schloss seine Augen und schüttelte den Kopf, während der Sicherheitschef nervös von einem Bein auf das andere trat und sich wie ein dummer Schuljunge vorkam, der gerade von seinem Lehrer zusammengestaucht wurde.

»Sir, es ist mir unerklärlich, wie das geschehen konnte. Ich meine ...«

»Es ist mir egal, was Sie meinen. Wenn Sie Ihren Job behalten wollen, dann besorgen Sie mir meine Raketen wieder. Sofort!!«

Lorenzo nickte, drehte sich auf dem Absatz um und verließ das Büro. Als er die Tür hinter sich geschlossen hatte, musste er erst einmal tief durchatmen. Das Ganze war ein Albtraum, und er hoffte, dass er jeden Moment aufwachen würde. Er hatte seinen Posten als Sicherheitschef bei Pascal erst vor zwei Monaten angetreten und sehr schnell erkannt, dass das High-Tech-Unternehmen zwar hervorragend gegen Cyberattacken jeder Art abgesichert war, dass aber die Sicherheitsvorkehrungen für alle andere Bereiche bestenfalls als mangelhaft bezeichnet werden konnten. Und jetzt war der Super-GAU eingetreten: der Diebstahl von drei Trägerraketen.

Pascal hatte sich in den letzten Jahren als eines der führenden Unternehmen für den Transport von Satelliten ins Weltall auf dem Markt etabliert. Um dem internationalen Kostendruck standzuhalten, hatte sich der überwiegende Teil der Forschung während der letzten beiden Jahre auf immer preiswertere und kleinere Raketen konzentriert, und vor einem Jahr war der Durchbruch gelungen. Der neueste Raketentyp, die OrbitK, war gerade mal fünfundzwanzig Meter lang und brachte trotzdem die gleiche Leistung wie ihr Vorgänger, die OrbitJ. Gerade dem Prototypenstadium entwachsen, sollte sie im kommenden Jahr den ersten kommerziellen Satelliten ins All befördern. Pascal hatte neun Exemplare gebaut, und davon waren jetzt drei verschwunden, als die Raketen zu ihrer Abschussrampe in Südtexas transportiert werden sollten. Je drei waren auf einem Truck unterwegs, und einer der Trucks war wie vom Erdboden verschluckt. Einfach weg. Und das alles unter seiner Leitung. Ein Albtraum. Lorenzo wusste noch nicht, wie er die Raketen wiederfinden sollte, aber ihm war klar, dass er sie wiederfinden musste. Ansonsten war er nicht nur seinen Job los, sondern würde für den Rest seines Lebens Paletten bei einem Discounter packen.

ELF

BERLIN, SKT ZENTRALE – 14.30 UHR

»Und, konnte Sehun dir helfen?«, fragte Cole ihren Kollegen und goss sich einen Schluck Wasser aus der großen Karaffe in ihr Glas.

»Ja, das konnte er«, sagte Krieger und blätterte durch seine Aufzeichnungen, die vor ihm auf dem großen Besprechungstisch lagen. »Die Mac-Adresse, also die Adresse, die einen Rechner eindeutig identifiziert, ist kurze Zeit nach dem Vorfall in den USA aufgetaucht, das heißt, wer auch immer den Code gehackt und die Hoheit über die Satelliten übernommen hat, hat sich zuletzt aus den Staaten gemeldet.«

»Wissen wir auch, wo er sich aufhält?«, fragte Cole.

»Nun, so wie es aussieht, ist der Rechner in New York City im Internet gewesen.«

Cole runzelte zweifelnd ihre Stirn. »Aber Krieger, mal ehrlich, wie wahrscheinlich ist es, dass jemand, der in der Lage ist, fünf GPS-Satelliten zu hacken, ohne dass die Air Force ihm auf die Schliche kommt, dann einen so dämlichen Fehler begeht und sich anhand seines Rechners in New York finden lässt.«

Krieger lachte auf.

»Warum lachst du?«, fragte Cole.

»Weil das exakt das Gleiche ist, was ich Sehun gefragt habe.«

»Und was meinte er?«

»Er sagt, es ist ausgeschlossen. Wer auch immer dahinter steckt, hat das mit Absicht getan.«

»Aber was bedeutet das jetzt? Dass er uns mitteilen wollte, dass er tatsächlich in New York ist, oder wollte er uns nur auf eine falsche Fährte setzen?«

»Tja, das konnte Sehun mir auch nicht sagen. Was er sagen kann, ist, dass es eine Bedeutung hat, sonst wäre der Rechner gar nicht aufgetaucht. Hacker-Ehre. Und er meinte, wir wären die Ermittler und nicht er und er hätte keinen Bock unsere Arbeit zu erledigen. Dann hat er aufgelegt.«

»Na großartig.« Cole schüttelte den Kopf. Auch daran musste sie sich noch gewöhnen. Bei der Polizei gab es klare Hierarchien, und die Informationen wurden selbst ermittelt. Ein Befehl war ein Befehl und eine Anweisung eine Anweisung. Die Welt der Geheimdienste war anders. Ein Großteil der Informationen stammte von den Geheimdiensten anderer Länder und von Spitzeln. Oft genug widersprachen sich die Daten und waren häufig auch sehr vage. Und dann gab es auch noch Freelancer wie Sehun, die nur zu oft ihre ganz eigene Art hatten. Was soll's, dachte Cole, es ist wie es ist.

»Dann auf in die nächste Runde«, sagte sie pragmatisch. »Wollen wir doch mal hören, was Harper zu sagen hat.«

Sie startete das Videosystem, und der große Flatscreen, der an der Stirnseite des Besprechungstisches angebracht war, erwachte zum Leben.

ZWÖLF

THE HAMPTONS – LONG ISLAND

Die Luft in dem kleinen Raum war abgestanden und roch nach Keller. Der Boden und die Wände waren feucht. Außerdem war es kalt. Viel zu kalt. Nicolas Damerow hauchte in seine Hände und rieb sie aneinander. Er hatte starke Kopfschmerzen, und sein Schädel dröhnte, als würde ein Schnellzug hindurchrasen. Er konnte nicht fassen, was passiert war. Und doch war es geschehen. Er versuchte seine Gedanken zu ordnen und nicht in Panik zu geraten, obwohl das eine verständliche Reaktion gewesen wäre. Was um alles in der Welt war hier los?

Er versuchte sich zu erinnern. Nachdem er im Rahmen der US-Klimakonferenz im New York Hilton einen viel beachteten Vortrag gehalten hatte, war Hakim al-Halabi auf ihn zugekommen und hatte ihn zu einem Dinner in sein Hotel eingeladen. Hakim al-Halabi. Persönlich! Das war eine Einladung, die man nicht ausschlug. Der Medienmogul hat kürzlich zwei der auflagenstärksten Zeitungen der Ostküste in sein Imperium eingegliedert, und man munkelte, dass er mehr Einfluss auf die Meinungsbildung der Amerikaner hatte als der Präsident selbst. Damerow fühlte sich geschmeichelt und bestätigt zugleich.

Wenn jemand wie al-Halabi ihn persönlich einlud, dann musste er einen großen Eindruck auf den Mann gemacht haben. Nach dem Empfang war er zunächst in sein Hotel zurückgekehrt. Al-Halabi hatte ihn dort angerufen, und sie hatten sich für acht Uhr am Abend im Waldorf Astoria verabredet. Er war mit dem Taxi gefahren, das wusste er noch. Im Waldorf hatten sie sich dann in al-Halabis Suite bei einer Flasche ausgezeichneten Rotweins über die Gefahren der aktuellen Klimasituation unterhalten. Daran konnte sich Damerow noch sehr gut erinnern. Alles, was danach passierte, hatte er jedoch nur noch schemenhaft vor Augen. Er war mit einem Mal sehr müde geworden. Danach riss seine Erinnerung ab. Er musste das Bewusstsein verloren haben.

Und als er vor kurzem wieder aufgewacht war, lag er auf einer Pritsche in diesem Kellerraum. Außer einer Toilette, einer Flasche Wasser und einer von der Decke baumelnden Glühlampe war der Raum kahl.

Er sah sich um. Es gab kein Fenster. Er klopfte gegen die Tür. Nichts. Dann rief er. Erst leise, dann immer lauter, bis er anfing zu schreien und mit den Fäusten gegen die Tür trommelte, so stark er konnte. Nichts. Keine Reaktion. Kein Geräusch. Es schien so, als wäre niemand hier außer ihm. Oder man ignorierte ihn. Er merkte, wie Panik in ihm aufzusteigen drohte, doch er tat alles, um sie zu unterdrücken. Er war Wissenschaftler. Wissenschaftler von Weltrang. Er geriet nicht so leicht in Panik. Er nicht. Ihm war klar, dass Panik nicht weiterhalf, ja gar nicht weiterhelfen konnte. Er zwang sich, so gut es eben ging, Ruhe zu bewahren. Wo war er? Und warum? Er konzentrierte sich. Wenn da nur nicht diese Kopfschmerzen wären. Und die Kälte. Er musste sich zusammenreißen. Er musste seine Situation einschätzen. Und seine Optionen. Er wusste nicht, wie lange er bewusstlos gewesen war, außerdem hatte er keine Ahnung, wie spät es war. Da der Raum keine

Fenster hatte, konnte er sich auch nicht am Tageslicht orientieren. Er seufzte. Dann fluchte er. Erst leise, dann immer lauter, bis er schließlich alle Verzweiflung der Welt aus sich herausschrie. Erschöpft ließ er sich auf die Pritsche fallen. Mit Wucht überrollte ihn die Erkenntnis, dass alles, was er wusste, war, dass er hier festsaß. Und das war verdammt wenig.

Mit seinen dunklen akkurat frisierten Haaren, seiner durchtrainierten Figur, seinen eins neunzig und seiner offenen Art erfüllte Paul Harper alle Stereotype, die einem zu den USA einfielen. Und er war verdammt stolz darauf. Nach dem College war er direkt nach West Point, der berühmten Militärakademie im Norden von New York City gegangen. Nach vier Jahren Studium hatte er als einer der drei Besten seines Jahrgangs die freie Auswahl, welche Karriere er beim Militär einschlagen wollte. Er entschied sich für eine Laufbahn bei den Navy Seals, wo er nach der Grundausbildung ins Team Six wechselte und in den folgenden Jahren überall auf der Welt gegen den Terror kämpfte. Während dieser Zeit lernte er Colonel Jenkins kennen, der ihn einige Jahre später für eine Eliteeinheit, die sich aus Mitgliedern verschiedener US- und UK-Spezialeinheiten zusammensetzte, rekrutierte: die Task Force Black. Zwischen 2004 und 2008 hat die Task Force nach offiziellen Angaben mehr als dreitausendfünfhundert Terroristen festgenommen und ausgeschaltet. Die tatsächliche Zahl lag allerdings weit darüber.

Im Anschluss an seine Zeit im Irak war Harper als

Ausbilder zurück zu den Seals gegangen, wo er aber schon nach kurzer Zeit die direkten Einsätze vermisst hatte. Deshalb folgte er 2013 ohne Zögern dem erneuten Ruf von Colonel Jenkins, als dieser ihn als einen der ersten Agenten der Task Force Blue anheuerte. Die ausschließlich im geheimen operierende Einheit war die amerikanische Antwort auf die zunehmende Zahl von Terroranschlägen, die nach Ende des arabischen Frühlings die USA und Westeuropa in Angst und Schrecken versetzten. Harpers Aufgabe war es, Terroristen auf US-Gebiet zu identifizieren, zu finden und auszuschalten. Und dieser Aufgabe kam er mit der Präzision eines Schweizer Uhrwerks nach.

Als Jenkins ihn am Vorabend angerufen hatte, um ihn über die Zusammenarbeit mit Krieger und Cole zu informieren, war er alles andere als begeistert gewesen. Er hatte weder eine gute Meinung von den deutschen Streitkräften noch von den deutschen Spezialeinheiten. Einzig vor Krieger, der in der Welt der Geheimdienste kein Unbekannter war, hatte er Respekt. Die beiden Männer hatten eine ähnliche Ausbildung genossen und waren beide für ihre Perfektion bekannt. In einem unterschieden sie sich allerdings elementar. Krieger war als Einzelgänger bekannt und Harper war Zeit seiner Karriere ein Teamplayer. Viel schwerer aber wog, dass Krieger kein Amerikaner war. Damit hatte er nach Harpers Ansicht auch nichts in den USA verloren. Die GPS-Satelliten waren ein amerikanisches Problem, und als solches würde er es auch lösen. Das Letzte, was er dazu brauchte, war Unterstützung aus Deutschland.

»Good Morning, Agent Harper«, startete Cole die Videokonferenz. Sie nickte dem gutaussehenden Amerikaner zu, dessen Bild auf dem großen Monitor in so hoher Qualität zu sehen war, dass man meinen konnte, er säße mit ihr und Krieger im Konferenzraum des SKT.

»Guten Morgen«, erwiderte Harper in nahezu akzentfreiem Deutsch. Cole sah Krieger überrascht an.

»Sie sprechen Deutsch?«, fragte sie und ärgerte sich im selben Moment über ihre überflüssige Frage.

Harper schien das nicht im Geringsten zu stören, denn er fuhr genauso freundlich fort. »Ja, meine Großmutter stammte aus Kiel, und ich habe in meiner Kindheit am Wochenende die deutsche Schule in Chicago besucht. Irgendwie hat mich Ihre Sprache fasziniert, und ich habe in der High-School und am College Kurse in Deutsch belegt.«

Coles Gesicht hellte sich merklich auf, und sie antwortete ihrerseits auf Englisch. »This is awesome. My father actually is American and I went to the JFK School in Berlin. Shall we continue in German or switch to English – whatever you prefer.«

Als Tochter eines amerikanischen Militärs war sie zweisprachig aufgewachsen und beherrschte beide Sprachen perfekt.

»Deutsch ist okay, ich freue mich immer, wenn ich Ihre Sprache sprechen kann.«

»Perfekt, ich bin Anna Cole und das«, sie zeigte auf Krieger, »das ist mein Kollege Luk Krieger. So wie es aussieht, haben unsere Chefs entschieden, dass wir gemeinsam den Ursachen und Zielen des Satelliten-Hacks auf die Spur kommen sollen. Ich schlage vor, dass wir erst einmal unsere Informationen austauschen und dann entscheiden, was als Nächstes zu tun ist.« Sie freute sich insgeheim, dass sich das Gespräch so gut anließ, wurde aber im nächsten Moment eines Besseren belehrt.

»Ich bin mir nicht wirklich sicher, ob das eine gute Idee ist «, entgegnete Harper weiterhin freundlich, jetzt aber mit einem deutlich sachlicheren Unterton. »So wie ich es sehe, haben wir hier ein rein amerikanisches Problem. Es handelt sich um US-Satelliten, die über unseren Neuenglandstaaten ausgefallen sind. Ich kann also keinen Bezug zu Europa erkennen und bin deshalb auch nicht der Meinung, dass eine Kooperation unserer beiden Dienste wirklich Sinn macht.«

Sein Statement traf Cole unerwartet, doch sie war Profi genug, sich nichts anmerken zu lassen. Es gab nur zwei Möglichkeiten. Entweder hatte Harper wirklich kein Interesse an einer Zusammenarbeit, oder er wollte sie testen. Kriegers Kommentar kam ihr wieder ins Gedächtnis. Es würde nicht einfach werden. Jetzt wusste sie, was er gemeint hatte.

Doch bevor sie etwas sagen konnte, ergriff Krieger die Initiative. Mit einem Lächeln in den Augen lehnte er sich in seinem Sessel nach vorne und blickte direkt in die Kamera. »Wenn ich mich nicht täusche, Agent Harper, waren Sie erst bei den Seals, bevor Sie mit Jenkins zusammen in der Task Force Black einige Jahre im Irak operiert haben. Danach hat er Sie zur Task Force Blue mitgenommen.«

Harper folgte Kriegers Ausführungen ausdruckslos.

Und der war auch noch nicht fertig.

»Dann müsste Ihnen auch klar sein, dass die Sache kein isoliertes Problem der USA sein kann. Denn wenn jemand die Möglichkeiten besitzt, Ihre Satelliten zu hacken, die für die Regelung des Luft-, Schiffs- und auch sonstigen Verkehrs auf der Welt verwendet werden, dann kann dieser jemand auch den Verkehr auf der ganzen Welt beeinträchtigen.« Krieger räusperte sich, ehe er zum finalen Schlag ansetzte. »In einem stimme ich Ihnen allerdings zu, Agent Harper. Der Umstand, dass Ihre Satelliten gehackt wurden, ist allerdings ganz offensichtlich auf die Air Force und damit eine rein amerikanische Behörde zurückzuführen. Glücklicherweise haben *unsere Quellen* aber sowohl den Umstand, dass sie gehackt worden sind, als auch den Umstand, wie sie gehackt worden sind, ermittelt, sodass wir damit sicher den Grundstein für eine Zusammenarbeit gelegt haben.« Dann lehnte er sich wieder in seinem Sessel zurück, ehe er seine Ausführungen beendete. »Deshalb, Agent Harper, deshalb bin ich der Meinung, dass wir hier ein globales Problem haben und unsere Zusammenarbeit ganz eindeutig erforderlich ist.«

Harpers Gesicht blieb regungslos. Ganz offensichtlich wägte er nach Kriegers Worten die Vor- und Nachteile einer Kooperation gegeneinander ab. Dann meinte er knapp: »Okay, hören wir uns mal an, was ihr zu sagen habt.«

FÜNFZEHN

Ziemlich genau eine Stunde später, nachdem sie alle Informationen, die ihnen bisher vorlagen, ausgetauscht hatten, zeigte das System das Ende der Videoübertragung an und der Monitor schaltete sich ab.

»Da hast du ja gerade einen Freund fürs Leben gewonnen«, sagte Cole mit einem leicht ironischen Unterton. Die unangenehme Spannung zwischen Krieger und Harper war deutlich zu spüren gewesen. Der Anfang ihrer Zusammenarbeit stand augenscheinlich unter keinem guten Stern. Cole sah ihren Partner an und fragte sich, ob Krieger diese Reaktion bei allen Männern auslöste.

Der schob die Papiere, auf denen er sich diverse Aufzeichnungen während ihres Gespräches gemacht hatte, zusammen und erwiderte den Blick seiner Partnerin sehr gelassen. »Im Prinzip ist es ganz einfach«, sagte er, »wenn wir mit Harper kooperieren wollen und nicht von Anfang an unsere Positionen klären, dann wird das kein Zusammenspiel, sondern ein Desaster. Und dafür ist die Situation zu ernst. Wir gewinnen nichts dadurch, wenn wir uns ihm unterordnen.« Dann stand er auf und verließ ohne ein weiteres Wort den Raum.

Cole blieb alleine zurück und war sichtlich genervt. Sie hatte kein Verständnis für den Revierkampf zwischen Krieger und Harper. Nur zu gut wusste sie aus eigener Erfahrung bei der Polizei, wie wichtig die Zusammenarbeit im Team war und wie gefährlich falsches Imponiergehabe werden konnte. Gereizt klappte sie den Ordner vor sich zu und dachte noch einen Moment über Kriegers Worte nach. Immerhin hatte er »wir« gesagt. Aber sie hatte eigentlich kein Problem mit Harper. Ganz im Gegenteil.

»Langsam glaube ich, dass wir hier ein echtes Problem haben«, sagte Mila Haber und blickte ihren Kollegen Shiyan Yang besorgt an.

»Damerow?«, fragte dieser.

»Ja, Damerow. Vielleicht hat Madaki ja doch recht mit seiner Theorie, dass das Ozonloch künstlich erzeugt wurde. Auf jeden Fall ist es ungewöhnlich, dass wir ihn nicht mehr erreichen. Ich habe mit seiner Frau gesprochen, und sie kann sich auch nicht erklären, wo er ist. Eigentlich müsste er noch in seinem Hotel sein und sich auskurieren. Aber da ist er nicht, und bei seiner Frau hat er sich auch seit einigen Tagen nicht mehr persönlich gemeldet. Das Letzte, was sie von ihm gehört hatte, war, dass er krank im Hotel liegt, das hatte er ihr in einer E-Mail geschrieben und versprochen, dass er sie anruft, wenn es ihm besser geht. Das war zwar ungewöhnlich, meinte sie, aber sie hat sich erst mal nichts weiter dabei gedacht. Bis jetzt. Sie macht sich große Sorgen, und so wie ich Damerow kenne, teile ich ihre Sorgen. Das passt so gar nicht zu ihm.«

»Wir müssen die Behörden informieren«, erwiderte Yang. »Ich hoffe, dass sich das alles klären lässt, aber wir sind an einem Punkt angelangt, an dem ich nicht mehr an Zufälle glauben kann. Erst das Ozonloch über der Sahara, und dann verschwindet einer der anerkanntesten Biochemiker dieser Welt.«

Haber musste ihm zustimmen. Sie waren Wissenschaftler, keine Ermittler, die Suche nach Damerow musste jemand übernehmen, der sich damit auskannte. Von einem Tag auf den anderen geschahen Sachen, die äußerst beunruhigend waren. Dann griff sie zum Hörer und wählte die Nummer ihres Chefs, des Präsidenten der Weltorganisation für Meteorologie.

SIEBZEHN

NEW YORK CITY – FLUGHAFEN JFK – AM NÄCHSTEN TAG

Harper erwartete Cole und Krieger am Gate ihres Direktfluges aus Berlin, der fünf Minuten vor der erwarteten Ankunftszeit im Big Apple gelandet war.

»Willkommen in New York City«, begrüßte er sie freundlich und offen und lächelte Krieger dabei so direkt an, als wären die beiden schon immer die besten Freunde gewesen.

Cole, die das als Friedensangebot auffasste, stieß ihren Partner mit dem Ellenbogen kurz in die Seite und sah ihn dabei wissend an, ehe sie antwortete: »Danke, das ist nett!«

Krieger, der deutlich skeptischer war, nickte Harper lediglich zu und schüttelte ihm mit etwas zu festem Druck die Hand.

Die beiden Agenten waren etwa gleich groß, doch das war auch schon alles, was sie auf den ersten Blick gemein hatten. Krieger, dessen Haare nicht nur vom Flug etwas durcheinander waren, hatte immer noch einen Fünf-Tage-Bart, trug Jeans, bequeme Stiefel und unter seiner Winterjacke ein dunkelblaues V-Neck-T-Shirt. Harper hingegen war glattrasiert, und seine schwarzen, militärisch kurzgeschnittenen Haare waren zu einem akkuraten Seitenscheitel gekämmt. Zu einem dunkelblauen Blazer trug er ein kariertes Button-Down-Hemd, ein paar Chinos und schwarze Penny Loafer.

Harper musterte Krieger von oben bis unten und hielt dann kurz inne, so als müsste er sich eine Bemerkung verkneifen. Dann lächelte er wieder, nahm Cole die Tasche ab und wies in Richtung Ausgang. »Folgt mir einfach, ich kenne eine Abkürzung.«

Krieger schüttelte nur den Kopf und atmete tief ein, folgte dann aber Harper und Cole, die nichts an dieser Situation zu stören schien.

Unmittelbar vor dem Zollbereich bogen sie in einen kleinen Gang ein, der an einer Tür mit der Aufschrift »NO ACCESS« endete.

Harper gab eine sechsstellige Kombination in das elektronische Schloss neben der Tür ein, die sich daraufhin mit einem Summen öffnete. In dem kleinen Raum dahinter saß ein Zollbeamter gelangweilt an einem Tisch und las seine Zeitung. Vor ihm lagen bereits die beiden verschlossenen Koffer, in denen Krieger und Cole ihre Waffen transportiert hatten; sie hatten sie beim Boarding in Berlin dem Kapitän überreicht. Der Beamte überprüfte ihre Personalien und händigte ihnen nach einem Check ihrer Waffenscheine auch ihre Waffen wieder aus. Dann widmete er sich erneut seiner Zeitung.

Harper führte sie durch einen weiteren Raum zu einem Gang, der direkt in die Empfangshalle des großen Flughafens mündete. Cole, die bei ihrer letzten Reise in die USA in Washington mehr als zwei Stunden in der Zollschlange gestanden hatte, jubelte innerlich. Vom Gate bis nach draußen hatten sie nicht länger als acht Minuten gebraucht. Doch noch bevor sie Harper dafür danken konnte, lenkte der ihre Aufmerksamkeit auf die aktuelle Ausgabe des *Daily Standard*, die in zahllosen Exemplaren in der Auslage des Kiosks neben ihnen lag. Die Titelseite des wohl reißerischsten Revolverblattes der Ostküste wurde von einer einzigen Überschrift in großen roten Lettern beherrscht: »Drei Pascal-Raketen spurlos verschwunden – wer steckt dahinter?«

»Schon davon gehört?«, fragte Harper. »Ist vor nicht einmal zwei Stunden bekannt geworden.«

Krieger nahm ihm das Blatt aus der Hand und überflog den Artikel, der in wenigen Worten den Diebstahl von drei Trägerraketen des kalifornischen High-Tech-Giganten Pascal schilderte. Dann schüttelte er den Kopf. Auch Cole hatte noch nicht davon gehört, denn das Ganze war erst an die Öffentlichkeit gekommen, als sie schon im Flieger saßen.

»Ich bin mir nicht sicher«, fuhr Harper fort, »ob das was mit unserer Sache zu tun hat, aber ich glaube nicht an Zufälle. Auf jeden Fall sollten wir uns das genauer anschauen. Ursprünglich wollte ich euch erst zu eurem Hotel bringen, aber ich schlage vor, dass wir vorher auf einen Abstecher in unserer Zentrale vorbeifahren.«

Krieger und Cole stimmten dem Vorschlag zu und keine drei Minuten später rasten sie in Harpers dunkelblauen SUV Richtung Downtown Manhattan.

»Was hat es mit den Raketen auf sich?«, nahm Krieger das Gespräch wieder auf. Er hatte auf der Rückbank des großen Wagens Platz genommen und beugte sich zu Harper und Cole vor.

»Keine Ahnung, das wissen wir auch noch nicht«, erwiderte Harper. »Und um ehrlich zu sein, hat uns die Meldung selbst überrascht. Das Verrückte dabei ist, dass wir davon auch erst aus der Zeitung erfahren haben.«

Krieger und Cole sahen ihn erstaunt an.

»Wie kann das sein?«, fragte Krieger.

»Das ist eine gute Frage. Eigentlich müssten unsere Sicherheitsdienste solche Informationen als Erste erhalten, aber in diesem Fall war uns der *Standard* einen Schritt voraus.«

»Um was für Raketen handelt es sich genau?«, wollte Cole wissen.

»Wie ihr bestimmt gehört habt«, erklärte Harper, »hat Pascal in den letzten Jahren immer mehr Aufträge für den Transport von Satelliten ins All übernommen. Das Problem ist allerdings, dass der Kostendruck auf Pascal enorm gestiegen ist, da ihnen sowohl China als auch Indien mit ihren immer preiswerteren Trägerraketen starke Konkurrenz machen. Die gestohlenen Raketen sind Prototypen einer neuen Generation, die drei Vorteile bietet: Sie sind kleiner und benötigen damit weniger Treibstoff, sie können von mobilen Rampen gestartet werden, sodass Pascal nicht mehr auf Vandenberg und Cape Canaveral angewiesen ist, und sie können trotzdem eine annähernd so große Ladung wie ihre Vorgänger transportieren.«

»Okay«, sagte Cole, »das heißt, wer auch immer jetzt diese Raketen hat, könnte damit Satelliten ins All schießen? Vorausgesetzt natürlich, sie haben auch eine der mobilen Abschussrampen. Aber was soll das bringen?«

»Nicht nur Satelliten und nicht nur ins All«, sagte Harper und zum ersten Mal war der freundliche Ton aus seiner Stimme verschwunden und einem besorgten Ausdruck gewichen. »Diese Raketen können nahezu jede Ladung an jeden Ort der Welt transportieren.«

ACHTZEHN

»Sind Sie sich im Klaren darüber, was das bedeutet? Wir haben ein künstlich erzeugtes Ozonloch über der Sahara, und Sie sagen mir, dass einer von maximal zehn Wissenschaftlern, die auf dieser Welt überhaupt dazu in der Lage wären, ein solches Ozonloch in dieser Geschwindigkeit von Hand zu erzeugen, spurlos verschwunden ist.«

Man konnte Fabrice Hegli, dem Schweizer Geheimdienstchef, seine Erregung deutlich anmerken; sowohl Haber als auch Yang zuckten in ihren Stühlen innerlich zusammen.

»Und seit wann bitte haben Sie diese Informationen?«

Haber, die sich als Yangs Chefin in der Verantwortung sah zu antworten, erwiderte mit einem leichten Zittern in der Stimme: »Genaugenommen haben wir die Information seit gestern, aber wir waren uns über die Bedeutung nicht im Klaren. Wir waren zunächst nicht sicher, ob Damerow einfach an der Grippe erkrankt oder wirklich verschwunden ist. Und ob das Ozonloch wirklich künstlich erzeugt wurde oder ob es sich einfach um eine Anomalie in der Stratosphäre handelt, konnten wir bis heute nicht mit hundertprozentiger Sicherheit klären. Allerdings«, fügte Haber dann hinzu, »scheint es die einzig mögliche Lösung zu sein.«

»Wie lange wissen Sie schon von dem Ozonloch?«, fragte Hegli weiter. »Ich hoffe sehr, dass Sie mir jetzt nicht erzählen, dass das schon länger bekannt ist.«

Haber und Yang schauten sich betreten an.

»Wie lange?« hakte der Geheimdienstchef nach.

»Seit vier Tagen haben wir Kenntnis davon«, ergriff Yang die Initiative.

»Großartig«, schnaubte Hegli. »Ich werde sofort die Geheimdienstchefs unserer Bündnispartner informieren. Das ist eine absolute Katastrophe.«

Er griff zu seinem Telefon. »Warten Sie bitte draußen, aber halten Sie sich weiter zur Verfügung. Meine Sekretärin wird Ihnen einen Raum zuweisen, in dem Sie warten können.«

Haber, die es nicht gewohnt war, dass man so mit ihr sprach, wollte gerade darauf hinweisen, dass sie technisch gesehen Angestellte der UNO sei und nur auf Wunsch ihres Chefs, der mit den Informationen auch nichts weiter anfangen konnte, den Schweizer Nachrichtendienst kontaktiert hatte. Und sie wollte sich beschweren, dass man so nicht mit ihr umspringen könne. Sie besann sich dann aber eines Besseren, weil ihr die Tragweite ihres Zögerns immer klarer wurde und verließ schweigend mit Yang das Büro.

NEUNZEHN

Colonel Jenkins war ein imposanter Mann von nahezu zwei Metern. Aufgrund seiner durchtrainierten Statur und seines jugendlichen Aussehens sah man ihm seine vierundsechzig Jahre nicht an. Einzig die leicht ergrauten Schläfen gaben einen Hinweis auf das wirkliche Alter des ehemaligen Elitekämpfers. Jenkins hatte Krieger und Cole mit Handschlag begrüßt und sie dann gemeinsam mit Harper in den Situation-Room gebeten, wie die Task Force den abhörsicheren Konferenzraum im Herzen ihres Büros in Anlehnung an den SIT ROOM im Weißen Haus nannten.

»Lady, Gentlemen«, begann er die Besprechung. »Die Ereignisse überschlagen sich in den letzten vierundzwanzig Stunden, und ich bin immer mehr geneigt, sie in Zusammenhang zu bringen. Zu viel Ungewöhnliches passierte zur gleichen Zeit.«

»Die Satelliten und die Raketen«, meinte Cole.

»Und das Ozonloch!«, ergänzte Jenkins die Aufzählung und drückte einige Tasten auf seinem Laptop. Unmittelbar darauf erwachten die Monitore, die im ganzen Raum an den Wänden hingen, zum Leben und zeigten die Website des *Daily*

Standard. Direkt unter dem bekannten Logo der Online-Ausgabe des Boulevardblattes war in großen Buchstaben eine weitere Sensationsmeldung zu lesen:

»Künstliches Ozonloch über Afrika zerstört jegliches Leben in der Region – ist das der Anfang vom Ende unserer Zivilisation?«

»Wie um alles in der Welt kommt der *Standard* schon wieder vor uns an Informationen von solcher Tragweite?«, fragte Harper.

»Er muss bessere Quellen haben als wir«, antwortete Krieger nur knapp.

»Das sehe ich auch so«, fuhr Jenkins fort. »Es ist äußerst ungewöhnlich, dass Zeitungen einzelne Stories vor den Sicherheitsdiensten in die Finger bekommen, aber es kommt vor. Denken Sie nur an Watergate oder die Pentagon Papers. Aber dass ein und dieselbe Zeitung innerhalb eines Tages zwei Meldungen herausbringt, die beide von weltpolitischer Bedeutung sein könnten, ohne dass einer unserer Dienste davon wusste, ist sehr außergewöhnlich. Auch unsere Kollegen von der NSA, dem FBI und der CIA tappten bis jetzt im Dunklen.«

»In Europa sieht es nicht anders aus«, ergänzte Krieger, der über sein iPhone eine entsprechende Information vom SKT erhalten hatte. »Das hatte der *Standard first hand.*«

»Wer steckt hinter dem *Standard*?«, fragte Cole.

»Al-Halabi«, sagte Harper. »Hakim al-Halabi ist ein syrischstämmiger New Yorker, der Ende der achtziger Jahre in die USA emigrierte und Mitte der neunziger Jahre eingebürgert wurde. Er hat sich schnell einen Ruf als erfolgreicher Bauunternehmer gemacht und ganz erheblich von dem Immobilienboom in Manhattan profitiert. In den Jahren nach 9/11 hat er sein Unternehmen stetig erweitert und zusätzlich mit Sicherheitstechnologie gehandelt. Dabei hat er, soweit das möglich war, die Öffentlichkeit gemieden und anders als andere Investoren nie das Scheinwerferlicht gesucht. Außerdem hat er in den letzten drei Jahren auch in Medienunternehmen investiert und nimmt dadurch mittelbar Einfluss auf die öffentliche Meinung. Neben einigen Beteiligungen an lokalen Fernsehstationen in den Ballungszentren unseres Landes hält er seit einem halben Jahr die Mehrheit am *Standard*. Und nach allem, was man hört, kontrolliert er die Zeitung seitdem auch.«

»Okay, sagte Krieger, »aber solange es keine offizielle Beziehung zu unserem Fall gibt, schlage ich vor, dass wir uns weiter an die GPS-Satelliten hängen und die anderen Ereignisse nur beobachten.«

»Genauso werden wir es machen«, erwiderte Jenkins und nickte den drei Agenten zu. »Ich wünsche Ihnen viel Erfolg und erwarte morgen Abend einen ersten Bericht. Wir werden uns um Punkt achtzehnhundert wieder hier treffen.«

Hakim al-Halabi saß seinem Chefredakteur Dan Ames gegenüber und sah ihm mit einem durchdringenden Blick in die Augen. »Entweder Sie schreiben, was ich Ihnen sage, oder Sie können für den Rest Ihrer Karriere über Bingo-Veranstaltungen im Lokalteil der *North-Alabama News* berichten.«

»Sir«, erwiderte Ames, »ich kann das nicht verantworten. Die Quellen sind unbekannt und nicht verifiziert. Wenn die Informationen nicht zutreffen, dann machen wir uns lächerlich.«

»Ich habe die Quellen verifiziert«, unterbrach ihn al-Halabi. »Das muss reichen. Seien Sie unbesorgt, die Informationen stimmen.« Süffisant lächelnd fügte er hinzu: »Und vergessen Sie nicht, das hier ist der *Standard* und nicht die *Post.*

»Aber wir haben mit der Story über die Raketen und das Ozonloch schon genug Aufmerksamkeit. Warum schieben wir das Ganze nicht und heben die Satelliten für nächste Woche auf?«

»Weil ich nicht möchte, dass uns jemand mit dieser Meldung zuvorkommt. Und im Vergleich zu unserer Schlagzeile von nächster Woche ist auch die Satellitenmeldung ein kleiner Fisch.«

Ames blickte auf. »Was meinen Sie damit? Welche Schlagzeile bringen wir nächste Woche?«

»Nächste Woche werden wir die Puzzlestücke zusammenführen, und ich kann Ihnen schon jetzt garantieren, dass wir damit Nachrichtengeschichte schreiben werden.«

EINUNDZWANZIG

IRGENDWO IN DEN USA – AM GLEICHEN TAG

Als der Amerikaner die Schlagzeile auf der Website des *Daily Standard* las, umspielte ein Lächeln seine Lippen. Das kam selten genug vor. Aber er erlaubte sich diesen emotionalen Ausbruch. Alles lief nach Plan, und al-Halabi leistete ausgezeichnete Arbeit. So, wie es aussah, war der Mann jeden Cent wert.

Und das, dachte er, war erst der Anfang.

ZWEIUNDZWANZIG

ZENTRALE DER TASK FORCE BLUE – SITUATION ROOM

Nachdem Jenkins den Raum verlassen hatte, überlegten Cole, Harper und Krieger, was als Nächstes zu tun war.

»Was meint ihr?«, fragte Harper. »Hängen die Sachen zusammen?«

»Keine Ahnung«, erwiderte Cole. »Aber ich bin mir sicher, dass wir das sehr bald erfahren werden. Jetzt sollten wir erst mal den gehackten Satelliten auf den Grund gehen. Ich schlage vor, dass wir beide die Leute von der Air Force interviewen und sich Krieger mit Sehun in Verbindung setzt, um zu sehen, ob er neue Erkenntnisse für uns hat.«

»Momentan ist das unsere beste Spur«, stimmte ihr Krieger zu. Auch wenn er sich eher als Coles Partner sah und es sich irgendwie nicht gut anfühlte, machte die Aufteilung der Ermittlungen für ihn Sinn. Er brauchte sie nicht für seine Abstimmung mit Sehun, und wenn Cole Harper unterstützen konnte, war das das Beste, was sie derzeit tun konnte. Vier Augen sahen mehr als zwei.

DREIUNDZWANZIG

ZENTRALE DER TASK FORCE BLUE – SITUATION ROOM

Nachdem Krieger das Office verlassen und sich in Richtung ihres Hotels aufgemacht hatte, um von dort aus Sehun zu kontaktieren, tätigte Harper einige Anrufe. Keine zehn Minuten später hatten sie eine Videoverbindung mit Commander Dana Acron hergestellt; sie war die Leiterin der für die GPS-Satelliten verantwortlichen Einheit in der Schriever Air Force Base, Colorado.

»Commander, danke, dass Sie sich Zeit für uns nehmen«, eröffnete Harper das Gespräch.

»Nun, Agent Harper, so wie es aussieht, haben wir eine Situation, in der wir auf jede Unterstützung angewiesen sind.« Sie räusperte sich kurz, ehe sie in einem professionellen Ton weitersprach, der ihre Anspannung aber nicht verdecken konnte. »Ich will offen mit Ihnen sein. Seit Jahren sind wir uns der Gefahren bewusst, die mit dem Ausfall unserer Satelliten einhergehen, unabhängig davon ob das durch einen Unfall oder äußere Einwirkung geschieht. Wir haben zwei Konzepte für Alternativsysteme entwickelt, die uns in diesem Fall eine nahezu sofortige Hilfe bringen könnten. Aber wegen der wechselnden Präsidentschaften der vergangenen Jahre haben wir nie das Budget erhalten, um diese Pläne umzusetzen. Ich hoffe sehr, dass es jetzt nicht zu spät dafür ist. Denn bevor eines der beiden Alternativsysteme funktionsfähig ist, haben wir eine Vorlaufzeit von drei Jahren.«

»Wenn ich Sie richtig verstehe«, hakte Harper nach, »dann nehmen Sie den Vorfall sehr ernst?«

»Wir könnten ihn nicht ernster nehmen und arbeiten mit Hochdruck daran, die Sicherheit des Systems zu optimieren.«

»Könnten Sie uns kurz erklären, welche Auswirkungen ein Ausfall oder eine Manipulation des Systems hätte?«

»Das wäre weitreichender, als Sie sich vorstellen könnten. Im Unterschied zu der allgemeinen Meinung, dass die GPS-Satelliten lediglich zur Positionsbestimmung von mobilen Einheiten dienen, besteht eine ihrer Hauptaufgaben tatsächlich darin, die korrekte Zeit zu vermitteln. Welche Auswirkungen das haben kann, hat uns der Ausfall am 26. Januar 2016 gezeigt, bei dem einer unserer älteren Satelliten einen Zeitfehler von nur dreizehn Mikrosekunden gesendet hat. Dreizehn Mikrosekunden bedeutet in der Positionsbestimmung eine Differenz von knapp vier Kilometern, was verständlicherweise fatale Folgen haben kann. Genauso bedeutend, wenn nicht sogar gravierender, ist der Einfluss auf Systeme im Energie-, Transport- und Gesundheitswesen, die im Wesentlichen auf die GPS-Zeitfunktion ausgerichtet sind. Oder mit anderen Worten, ein mittel- bis langfristiger Ausfall oder eine Manipulation hätte ganz erhebliche und unsere Gesellschaft schädigende Auswirkungen auf unser tägliches Leben, bis hin zum Zusammenbruch notwendiger Systeme.«

»Könnten Sie das für mich als Amateur präzisieren?«

»Sehr gerne. Die Zeitabweichung würde die Rechner durcheinanderbringen und in vielen Fällen zu einem Reset der Zeit auf zwölf Uhr führen. Die Erzeugung von Strom, die Koordinierung von Rettungssystemen, die Kontrolle von lebenserhaltenden Einheiten und vieles mehr würde vermutlich kompromittiert werden, beziehungsweise im schlimmsten Fall würden die Systeme sich einfach selbst abschalten. Im Vergleich dazu wäre der befürchtete Jahrtausendcrash eher – entschuldigen Sie den Vergleich – Peanuts.«

Harper und Cole, die sich der Tragweite der Gefahren bis zu diesem Zeitpunkt nicht bewusst gewesen waren, sahen sich erschrocken an.

»Darf ich Sie auch fragen, Commander, inwieweit Ihre Sicherheitsexperten die Situation unter Kontrolle haben?«

»Agent Harper, seien Sie versichert, dass wir beide nicht miteinander sprechen würden, wenn wir die Situation vollends unter Kontrolle hätten. Wir sind, auch wenn ich es hasse, das so offen sagen zu müssen, für jegliche Form der Unterstützung dankbar. Wenn ich richtig informiert bin, war es wohl ein koreanischer Spezialist, der die Ursache und Methode des Hacks entdeckt hat. Und wenn ich weiter richtig informiert bin, haben Sie zumindest mittelbaren Zugriff auf diese Ressource. Lassen Sie mich offen sein. Ich bitte Sie im Interesse der Sicherheit unseres Landes darum, alles in Ihrer Macht stehende zu tun, uns zu unterstützen.«

»Commander, ich gebe Ihnen mein Versprechen, dass wir alles tun werden, die Verantwortlichen zu ermitteln und zur Verantwortung zu ziehen. Wir werden Sie über unsere Ergebnisse kontinuierlich auf dem Laufenden halten.«

»Ich danke Ihnen, Agent Harper!«

Nachdem die Konferenz beendet war, sah Cole Harper an. »Wer auch immer da draußen unterwegs ist, wir müssen ihn kriegen, bevor er die Welt lahmlegt. Und nach allem was ich gerade gehört habe, ist die Zeit nicht gerade auf unserer Seite.«

VIERUNDZWANZIG

NEW YORK CITY – ZENTRALE DES DAILY STANDARD

Al-Halabi lehnte sich mit einer gewissen Genugtuung zurück und blickte die Redakteure seiner Zeitung der Reihe nach an. »Ausverkauft!«, sagte er. »Ladies und Gentlemen, ich wiederhole mich: AUSVERKAUFT! Das erste Mal seit fünf Jahren ist die komplette Auflage unserer Zeitung ausverkauft!«

»Aber für welchen Preis«, erwiderte sein Chefredakteur, ohne zu verhehlen, dass er mit ihrer aktuellen Berichterstattung alles andere als einverstanden war.

Gebannt schauten die übrigen Teilnehmer der Redaktionskonferenz auf al-Halabi und erwarteten, dass er Dan Ames für diesen offenen Widerspruch zurechtwies.

Al-Halabi aber blieb vollkommen ruhig, ein leises Lächeln auf den Lippen. »Um den Preis, dass wir jetzt und in den kommenden Ausgaben Zeitungsgeschichte schreiben werden. Und jetzt werde ich Ihnen sagen, wie wir das machen.« Dann diktierte der charismatische und dennoch von seinen Mitarbeitern zunehmend gefürchtete Zeitungschef seinen Redakteuren die nächste Schlagzeile in ihre Notizblöcke. Dieses Mal, so war er sich sicher, würde er eine Welle des Entsetzens um die Welt schicken.

FÜNFUNDZWANZIG

SÜDKOREA

Pak Sehun, den normalerweise nichts aus der Ruhe bringen konnte, starrte mit großem Unbehagen auf die interne Mitteilung, die der Chef des Schweizer Geheimdienstes gerade verfasste und die er in Echtzeit mitlas. Sehun hatte ein Programm entwickelt, das allen Data-Crawlern der NSA bei weitem überlegen war und das rund um die Uhr unzählige Server scannte, ohne dass das irgendjemand mitbekam. Dabei hinterließ seine Software, deren Kernstück ein extrem komplexer Algorithmus war, keine Spuren. Vor fünf Minuten hatte eben dieses künstlich intelligente System eine Alarmmeldung erzeugt, die Sehun dazu veranlasste, sich die Sache näher anzuschauen. Dabei hatte er momentan gar keinen Auftrag, den Schweizer Sicherheitsdienst zu überwachen. Und dass Sehun etwas unternahm, ohne dafür bezahlt zu werden, kam so gut wie nie vor.

Sein Geschäft bestand seit ein paar Jahren darin, für verschiedene Nachrichtendienste und andere Organisationen Informationen zu beschaffen. In den meisten Fällen hatten seine Klienten, wie er sie nannte, keine Ahnung davon, wen sie beauftragten. Dafür hatte er gesorgt, und davon hing sein

Leben ab. In den meisten Fällen spielte das auch gar keine Rolle. Alles, was zählte, war, dass seine Informationen zutreffend und belastbar waren. Nur ganz selten, so wie jetzt, spürte er selbst Daten auf. Aber dieses Mal gab es auch einen guten Grund. Denn so wie es aussah, konnte ihn die aktuelle Situation selbst betreffen. Dieses Mal hatte es eine globale Auswirkung.

Pak Sehun war in der Lage, komplexe Zusammenhänge schneller zu verstehen als die meisten anderen Menschen auf der Welt. Das lag nicht nur daran, dass er schneller an bessere Informationen gelangte. Sein Gehirn funktionierte einfach anders. Er sah Zusammenhänge, die andere nicht erkannten. Und was er jetzt sah, löste Panik in ihm aus, ein für ihn völlig neues Gefühl. Das, was er jetzt sah, könnte nicht weniger bedeuten als das Ende der Welt. Er kannte nur eine Person, die in der Lage war, dieses Problem zu lösen. Und das bedeutete etwas, denn Pak Sehun kannte sie alle. In diesem Fall musste er nicht lange überlegen. Er wusste, was er zu tun hatte. Er griff zu seinem Telefon.

SECHSUNDZWANZIG

NEW YORK CITY – WARWICK HOTEL

Krieger hatte sich mit Cole und Harper in der Bar ihres Hotels verabredet. In dem von William Randolph Hearst in den zwanziger Jahren erbauten Haus unweit des Central Parks hatten sich über Jahrzehnte Stars und Sternchen die Klinke in die Hand gegeben. In den letzten Jahren war es allerdings ruhiger um das Hotel geworden, die Hollywood Karawane war weitergezogen.

Krieger hatte sich nach dem Einchecken kurz frisch gemacht. Jetzt, in der Bar, wählte er einen kleinen, sehr ruhig gelegen Tisch am Fenster zur 54th Street. Von hier aus hatte er nicht nur den kompletten Raum, sondern auch die Straße im Blick, ohne dass er selbst besonders gut zu sehen war.

Nachdem der Kellner ihm ein IPA gebracht hatte, ließ er die Geschehnisse des Tages noch einmal vor seinem inneren Auge Revue passieren. Seit ihrem Abflug in Berlin vor gerade einmal vierzehn Stunden war viel passiert. Ungewöhnlich viel. Zusätzlich zu den gehackten Satelliten gab es nun auch drei verschwundene Raketen und ein offensichtlich künstlich erzeugtes Ozonloch. Dazu kam die Berichterstattung des *Daily*

Standard, die mit ihren Schlagzeilen selbst den Sicherheitsbehörden einen Schritt voraus waren. Krieger war sich sicher, dass all diese Ereignisse in irgendeinem Zusammenhang stehen mussten. Und gerade als er überlegte, wo sie am besten ansetzten sollten, klingelte sein Telefon. Es war Pak Sehun.

SIEBENUNDZWANZIG

»Hey, auch schon da?«, grüßte Harper, als er sich mit Cole zu Krieger an den kleinen Tisch in der Ecke der Hotelbar setzte.

»Ja, seit zwanzig Minuten«, erwiderte Krieger mit einem Lächeln, ehe er mit leicht ironischem Unterton hinzufügte: »Also pünktlich.«

»Wir konnten dich nicht erreichen«, sagte Cole, »Dein Handy war besetzt.«

»Kein Problem, ich habe mit Sehun gesprochen und bin erst gerade fertig geworden«, erwiderte er in sehr viel milderem Ton, als er sich an Cole wandte. »Was habt ihr denn in der Zwischenzeit über die GPS-Satelliten herausgefunden?«

Harper fasste das Gespräch mit Commander Dana Acron zusammen und endete mit den Worten: »Da die Air Force selbst keine Möglichkeiten sieht, die Sache wirklich unter Kontrolle zu bekommen, wird es auf uns ankommen. Die Frage wird sein, inwiefern unser koreanischer Freund uns unterstützen kann.«

»Das ist ein gutes Stichwort«, sagte Krieger. »Also, *mein* koreanischer Freund hat einige Ideen, aber deren Durchführung hängt davon ab, was wir erreichen wollen und was wir zahlen können. Denn er weiß genauso gut wie wir, dass die Situation extrem kritisch ist. Um ehrlich zu sein, weiß er …«

»Geld spielt keine Rolle«, fiel ihm Harper ins Wort und sah dabei mehr Cole als Krieger an. »Uncle Sam ist bereit, jeden Preis zu zahlen, solange wir die Sache in den Griff bekommen.«

»Um ehrlich zu sein«, setzte Krieger erneut an, und sein Gesicht zeigte klar, wie wenig er die Unterbrechung durch Harper schätzte, »weiß er es vermutlich noch um einiges besser als wir.«

»Was meinst du damit?«, fragte Cole.

»Nach den Satelliten, den Raketen, dem Ozonloch und der, nun nennen wir es mal Besonderheit, dass der *Daily Standard* erstaunlich gut informiert ist, haben wir eine weitere Verschärfung der Situation.«

Er machte eine Pause und trank einen Schluck von seinem IPA.

»Sehun hat ein internes und noch nicht versandtes Memo mitgelesen, das der Chef des Schweizer Geheimdienstes gerade für die Weiterleitung an seine westlichen Verbündeten verfasst. Aus dem Memo ergibt sich zum einen, dass das Ozonloch über der Sahara künstlich erzeugt wurde, und zum anderen, dass mit Nicolas Damerow einer der weltweit führenden Biochemiker spurlos verschwunden zu sein scheint. Nach Ansicht des Schweizer Geheimdienstes ist das immerhin hundert Quadratkilometer große Loch mit einer geringen Menge Chemikalien und etwas günstigen Winden erzeugt worden, vermutlich mittels eines in die Stratosphäre gesandten Wetterballons. Das Memo weist allerdings auch darauf hin, dass mit Hilfe einer größeren Menge der gleichen Chemikalie ein weitaus größeres Ozonloch erzeugt werden könnte. Die Herausforderung wäre allerdings, dass es dafür eines größeren Transportmittels als eines Wetterballons bedürfte.«

Krieger machte eine Pause und sah seine Gegenüber an.

»Die Raketen!«, sagte Cole, wobei ihr sämtliche Farbe aus
dem Gesicht wich.

ACHTUNDZWANZIG

ZENTRALE DES SKT

Hugo Karch las das Memo des Schweizer Geheimdienstes jetzt zum dritten Mal durch. Er hatte der Mitteilung zunächst kaum eine Bedeutung beigemessen. Das hatte sich allerdings in dem Moment geändert, als Krieger und Colonel Jenkins ihn in einer Konferenzschaltung über die neuesten Ereignisse informiert hatten. Das war gerade einmal zehn Minuten her. Er las das Memo ein viertes Mal, ehe er es beiseitelegte und zum Hörer seines Telefons griff. Ein Lächeln zeichnete sich auf seinen Lippen ab. Nicht weil die Situation besonders amüsant gewesen wäre, sondern vielmehr, weil der Hörer des Telefons rot war. Ein Relikt aus der Zeit des Kalten Krieges, dachte er. Ein rotes Telefon mit direkter Durchwahl zur Kanzlerin. Das System war so eingestellt, dass ganz gleich, wo sie war, der Anruf immer auf den ihr am schnellsten und persönlich zugänglichen Apparat weitergeleitet wurde. Bereits nach dem ersten Klingeln nahm die Regierungschefin das Telefonat an.

»Karch«, sagte sie. »Ich hoffe, es gibt einen guten Grund, dass Sie mich jetzt stören. Ich sitze gerade mit dem französischen Staatspräsidenten zusammen, um die aktuelle und wie Sie wissen sehr *dynamische* Situation in Europa zu erörtern.«

»Bitte verzeihen Sie mir die Störung, Frau Bundeskanzlerin, aber es gibt einen Vorfall, über den Sie informiert werden müssen.«

»Na, dann schießen Sie los.« Karch, der noch bis vor kurzem als Verteidigungsminister in ihrem Kabinett gedient hatte, schätzte den Pragmatismus der Regierungschefin sehr, auch wenn er weit davon entfernt war, alle ihre politischen Ansichten zu teilen.

»In den letzten Tagen hat sich eine Anzahl von scheinbar isolierten und jeweils einzeln betrachtet nicht wirklich erheblichen Geschehnissen ereignet. Gerade bin ich allerdings darüber informiert worden, dass eben diese Geschehnisse vermutlich in einem sehr bedrohlichen Zusammenhang stehen.«

Karch räusperte sich und hörte das gleichmäßige und tiefe Atmen am anderen Ende der Leitung. Er hatte die volle Aufmerksamkeit der Kanzlerin.

»Vor einigen Tagen wurde vermutlich mit Hilfe eines Wetterballons und einer geringen Menge eines tödlichen Chemikaliengemischs ein künstliches Ozonloch über der Sahara erzeugt. Auf einer Fläche von einhundert Quadratkilometern wurde die Schutzschicht so nachhaltig vernichtet, dass darunter in den nächsten Jahrzehnten kein Leben, weder menschliches noch pflanzliches, existieren kann. Wir haben Anlass zu der Vermutung, dass der gleichfalls seit einigen Tagen verschwundene Biochemiker Nicolas Damerow an diesen Geschehnissen beteiligt war. Ob freiwillig oder nicht, kann ich momentan nicht beurteilen.«

»Welche Bedeutung hat das für uns?«, fragte die Kanzlerin.

»Gleichzeitig sind drei Trägerraketen der Firma Pascal verschwunden.«

»Pascal? Die Firma mit den Elektroautos und dem Weltraumprogramm?«

»Ja, Pascal. Die Trägerraketen dienen momentan dem Transport von Satelliten in eine Umlaufbahn. Allerdings ist das nicht die einzige Möglichkeit, für die sie eingesetzt werden können. Oder, um es etwas präziser auszudrücken, die Raketen können eine große Menge einer beliebigen Ladung in die Stratosphäre bringen.«

»Was bedeutet das? Wie hängt das zusammen?« In ihrem Ton schwang eine gewisse Ungeduld sowie Besorgnis mit.

»Nun, Frau Bundeskanzlerin, das ist leider noch nicht alles. Zusätzlich wurden die GPS-Satelliten über der Ostküste der Vereinigten Staaten für zehn Minuten der Kontrolle der Air Force entzogen, ohne dass die Air Force bisher dahintergekommen wäre, wer dafür verantwortlich ist, wie das geschehen konnte und was sie gegen einen erneuten Kontrollverlust unternehmen können.«

Für einen Moment war die Leitung still. Karch hatte die Informationen so knapp und präzise zusammengefasst, wie es ihm möglich war. Die Kanzlerin war eine überdurchschnittlich intelligente Frau, und ihm war klar, dass sie die Situation sofort einzuschätzen wusste.

»Wer weiß noch davon?«

»Sie, mein Team und jetzt vermutlich auch der Präsident der Vereinigten Staaten.« In den folgenden Minuten erklärte Karch ihr die Zusammenhänge der Kooperation des SKT und der Task Force Blue und wie Krieger und Cole an die Informationen gelangt waren.

»Sie sind sich ohne Zweifel im Klaren darüber, was das bedeutet«, sagte die Kanzlerin offensichtlich eher zu sich selbst als zu Karch. »Ich werde den Präsidenten anrufen und mich dann bei Ihnen melden.«

Dann beendete sie ohne ein weiteres Wort das Gespräch.

NEUNUNDZWANZIG

Zufrieden lehnte sich al-Halabi in dem schweren Ledersessel hinter seinem Schreibtisch zurück. Soweit lief alles nach Plan. Bald würde der Spaß richtig beginnen. Er hatte vor vielen Jahren gedacht, dass er seine Mission nie zu Ende bringen könnte, denn sie hatten seinen alten Chef erwischt. Ohne diesen fehlte ihm die strategische Unterstützung, die er brauchte, sodass er sich zwischenzeitlich einem anderen Vorhaben verschrieben hatte. Doch dann, vor nicht einmal sechs Monaten, hatte er einen Anruf erhalten, der ihn mit einem Schlag in sein altes Leben zurückgerissen hatte. Es gab einen neuen Auftraggeber, den Amerikaner, der das gleiche Ziel verfolgte, das er schon längst abgehakt hatte. Die Motive dieses neuen Auftraggebers waren andere als seine. Er konnte sich nicht einmal sicher sein, dass er die tatsächlichen Absichten des Amerikaners überhaupt kannte. Doch das spielte für ihn auch keine Rolle. Das Einzige, was für ihn zählte, war das Ergebnis. Und das Ergebnis würde das gleiche sein, so oder so.

DREISSIG

Nach einer Nacht mit wenig Schlaf saßen Krieger, Cole und Harper noch vor Sonnenaufgang zusammen mit Colonel Jenkins im Besprechungsraum und schauten auf den Monitor, auf dem ihnen Hugo Karch aus Berlin zugeschaltet war.

»Der Präsident und die Kanzlerin haben sich darüber verständigt, Ihnen umfassende Befugnisse für Ihre Untersuchung einzuräumen«, wandte sich Karch an die drei Agenten. »Sie erhalten uneingeschränkten Zugriff auf die Ermittlungsergebnisse des FBI, der CIA und der NSA, die zwischenzeitlich ebenfalls aktiv geworden sind.«

»Allerdings«, ergänzte Jenkins, »muss Ihnen klar sein, dass wir uns momentan mit unseren Annahmen noch im Bereich der Spekulation bewegen. Denn auch wenn wir vermuten, dass die Ereignisse alle zusammenhängen, haben wir dafür noch keinen Beweis.«

»Das bedeutet: Keine unüberlegten Handlungen, bevor Sie wissen, ob unsere Vermutung, unser Verdacht begründet ist.«

Karch nickte bestätigend. »Sobald wir neue Informationen haben, sehen wir weiter.«

Dann beendete er die Konferenz, und der Bildschirm wurde schwarz.

»Ich wünsche Ihnen viel Erfolg. Ich erwarte Ihren nächsten Bericht spätestens heute Abend um achtzehn Uhr«, sagte Jenkins, ehe er sich erhob und den Situation Room ohne ein weiteres Wort verließ.

»Was war das denn da eben?«, fragte Cole.

»Das, liebe Anna, war die Bestätigung, dass wir alle Mittel einsetzen sollen, um die Gefahr abzuwenden«, sagte Krieger.

»Aber Jenkins und Karch haben doch ausdrücklich gesagt, dass wir nicht handeln sollen.«

»Ja, aber nur solange wir keine weiteren Informationen haben. Dann allerdings haben wir freie Hand.«

Cole brauchte einen Moment, um das zu verdauen. So also hört sich der Freifahrtschein an, Gegner auszuschalten, ja, wenn sie das für richtig hielten, sogar zu töten. Staatlich legitimierter Mord. War das moralisch überhaupt zu rechtfertigen? Alles in ihr sträubte sich dagegen. Doch dann entschied sie sich, ihre Bedenken vorerst zur Seite zu schieben, denn sie waren ja noch lange nicht an diesem Punkt angelangt. Vielleicht kam es gar nicht erst dazu. Wozu sich also jetzt den Kopf zermartern. Viel wichtiger war es, sich auf die nächsten Schritte zu konzentrieren. Denn schließlich lag eine wichtige Aufgabe vor ihnen, die sie erledigen mussten. Eine Bedrohung, die größer war als alles, was ihr in ihrem bisherigen Leben begegnet war.

»Wir sollten uns aufteilen«, ergriff sie die Initiative und sah Krieger und Harper an. »Wir haben drei Anhaltspunkte, die wir verfolgen müssen.«

»Die Raketen, der Wissenschaftler und der *Standard*«, stimmte ihr Harper zu. »Ich kümmere mich um den *Standard*«, sagte Krieger. »Ich werde mit Sehun sprechen und ihn auf die Zeitung ansetzen. Irgendwoher müssen sie ihre Informationen erhalten haben, und mit etwas Glück haben sie eine elektronische Spur hinterlassen.«

Cole nickte. »Ich werde mich mit Paul um den Wissenschaftler kümmern. Die letzte Spur von ihm endet in New York.« Harper stimmte ihr zu. Die Raketen waren in Texas gestohlen worden, und das FBI war ohnehin bereits an dem Fall dran. Und wenn ihre Theorie stimmte, dann würde sie auch der Wissenschaftler zu den Raketen führen.

EINUNDDREISSIG

Unmittelbar nach ihrem Treffen im Situation Room hatte Krieger mit Pak Sehun gesprochen und den koreanischen Hacker über die neuesten Geschehnisse ins Bild gesetzt. Sie hatten vereinbart, dass Sehun sich gleich ans Werk machen und den *Standard* und alle angeschlossenen Quellen infiltrieren und scannen sollte. Fünf bis sechs Stunden würde er brauchen, hatte er Krieger gesagt. Er müsse erst einen Suchalgorithmus schreiben, der ebenso effektiv wie unsichtbar war. Schneller würde es nicht gehen und auch dann könne er nichts garantieren. Krieger wusste zwar, dass das viel zu lange war, denn jede Minute zählte. Er wusste aber auch, dass es keinen Sinn machte, mit Sehun zu diskutieren, denn jeder Satz würde Zeit kosten, und genau die hatten sie jetzt nicht.

Im Anschluss daran war Krieger ins Warwick gefahren.

Mehr konnte er für den Moment nicht machen, und doch kam er nicht zur Ruhe. Sein Kopf drehte sich um die Geschehnisse der vergangenen sechsunddreißig Stunden. Er fühlte sich, als hätte er alle Informationen, die er brauchte, um die einzelnen Puzzlestücke zu einem Bild zusammenzufügen. Und doch sah er alles wie durch eine Nebelwand. Er zwang sich, seine Gedanken zu sortieren.

Wenn er eins in den vielen Jahren seiner Arbeit gelernt hatte, dann, dass er als Erstes den Sachverhalt verstehen und dann das Motiv finden musste. Zuerst der Sachverhalt, dann das Motiv. Doch was genau war hier eigentlich geschehen, und wie hingen die Ereignisse zusammen? Ein Ozonloch von mittlerer Größe über einem unbewohnten Fleck Wüste in Afrika und ein verschwundener Wissenschaftler, der in der Lage war, dieses Ozonloch zu erzeugen. Ob er damit etwas zu tun hatte oder nicht, war nicht klar, aber es lag nahe. Ob er es freiwillig getan hatte oder nicht, war völlig unklar. Dass das Ganze entdeckt werden würde, war offensichtlich. Wer also auch immer dahinter steckte, hatte bewusst in Kauf genommen oder wollte sogar, dass dieser Teil der Ereignisse bekannt wurde. Aber wozu? Dann die gehackten GPS-Satelliten. Für zehn Minuten der Kontrolle entzogen, ohne dass ein wirklicher Schaden entstanden war, aber doch so, dass es bemerkt werden musste. Plus die Raketen. Drei Stück, jede davon in der Lage, einen Satelliten, aber auch jede andere Ladung zu jeder Zeit an einen beliebigen Ort in die Welt zu schicken. Wenn diese Ereignisse alle zusammenhingen, gab es die unterschiedlichsten Szenarien, was als Nächstes passieren konnte. Erpressung und Schutzgeld war eine Möglichkeit. Viel erschreckender aber war die Möglichkeit, eine große Menge des tödlichen Chemikaliengeschmischs mit Hilfe einer oder mehrerer der gestohlenen Raketen in der Stratosphäre freizusetzen, sodass die Ozonschicht über bewohntem Gebiet für Jahrzehnte zerstört wurde. Das wäre eine Katastrophe, die einem atomaren Schlag gleichkam, ja diesen vielleicht sogar in den Schatten stellen würde.

Aber wie hing der *Standard* mit diesen Ereignissen zusammen?

Krieger braute sich mit dem Coffeemaker in seinem Zimmer einen Kaffee. Wenig Wasser, viel Kaffee. Dann stellte er sich für drei Minuten unter eine eiskalte Dusche. Kaltes Wasser, dachte er, ersetzt den wenigen Schlaf nicht wirklich, aber in Verbindung mit dem Kaffee war es besser als nichts. Als er fertig geduscht hatte, trocknete er sich ab und wollte sich gerade anziehen, als sein Telefon klingelte.

Es war Sehun. Krieger wusste, dass der Hacker noch keine Antwort auf seine letzte Frage würde liefern können, also musste er aus einem anderen Grund anrufen. »Krieger, schau dir die Seite des *Standards* an«, sagte Sehun und seine Stimme klang ungewöhnlich aufgeregt.

Krieger legte das Telefon beiseite und startete sein MacBook. Die Verbindung in dem Hotel war nicht besonders schnell, sodass sich die Website der Zeitung nur langsam vor ihm aufbaute und es eine gefühlte Ewigkeit dauerte, bis die Schlagzeile sichtbar war:

»Ein tödlicher Anschlag auf die Ostküste der USA steht unmittelbar bevor. Die Behörden sind ahnungslos und unfähig! Wie viele Menschen werden sterben?«

ZWEIUNDDREISSIG

»Das hatten wir nicht vereinbart«, tönte die Stimme aus den Lautsprechern von al-Halabis Telefon. »Jetzt noch nicht.«

»Na ja«, erwiderte der Zeitungschef mit einem unverkennbaren Lächeln auf den Lippen. »Wir hatten es nicht direkt vereinbart, aber auch nicht ausgeschlossen.«

»Warum dann jetzt schon?«

»Weil ich in Kürze auffliegen werde. Ich muss untertauchen. Sie sind mir auf die Spur gekommen.«

»Wissen die auch von mir?«, fragte der Amerikaner mit einem Anflug von Panik in der Stimme.

»Von Ihnen wissen sie nichts. Glauben Sie mir, das wird auch so bleiben. Und jetzt haben Sie Vertrauen, es wird alles so weiterlaufen wie geplant. Sorgen Sie nur dafür, dass ich rechtzeitig Zugriff auf die Raketen erhalte.« Damit legte al-Halabi auf.

Westlicher Weichling, dachte er. Wie alle anderen auch. Beim ersten Anzeichen von Gegenwind werden sie nervös. Al-Halabi hatte nichts, aber auch gar nichts an Respekt für den Amerikaner übrig. Das Einzige, was ihn mit diesem Mann verband, war, dass sie auf das gleiche Ziel hinarbeiteten und dass sie dieses Ziel nur gemeinsam erreichen konnten. Nun, dachte al-Halabi, so ist es nun einmal.

Dann zündete er sich eine dicke Zigarre an und goss sich einen großen Schluck Cognac in den Schwenker, der auf der schweren ledernen Unterlage auf seinem Schreibtisch stand. Ein bisschen hatte er ja schon was für sich, der westliche Lebensstil, dachte er. Dann schaute er kurz nach oben an die Decke und zwinkerte gedanklich in Richtung Himmel, fest davon überzeugt, dass Allah ihm seine kleinen Sünden vergeben würde. Wenn er sie überhaupt durch den Stahlbeton über ihm sehen konnte.

DREIUNDDREISSIG

IRGENDWO IN AMERIKA

Zufrieden legte der Amerikaner den Hörer seines Telefons auf. Ihm war bewusst, dass er einen Deal mit dem Teufel eingegangen war, doch solange al-Halabi glaubte, dass er am längeren Hebel saß und nicht mitbekam, dass er die eigentliche Marionette in diesem Spiel war, lief alles nach Plan.

Der Amerikaner griff nach der Flasche Vipala, einer neuen Limo auf Basis von bolivianischem Coca-Extrakt, die er im Sommer auf den Markt bringen wollte. Ein weiteres seiner Investments, für das der Erfolg vorprogrammiert war. So wie die meisten seiner Vorhaben. In seinem bisherigen Leben hatte er immer den Ton angegeben. Dabei war er meistens erfolgreich gewesen und nur sehr selten gescheitert. Doch selbst sein Scheitern hatte er nie bedauert, denn es hatte ihn immer nur stärker gemacht für die nächste Herausforderung.

Aber all diese Geschäfte waren im Hinblick auf sein neuestes Vorhaben vollkommen unbedeutend. Dieses Mal ging es um nicht mehr oder weniger als eine neue Zukunft für die Menschheit. Dieses Mal ging es für ihn um alles. Und nicht nur für ihn. Denn wenn irgendetwas an seinem Plan schieflief,

hätte das keine geringere Bedeutung als den Anfang vom Ende
der Welt.

VIERUNDDREISSIG

NEW YORK – 8 UHR MORGENS

Innerhalb kürzester Zeit hatte die Schlagzeile des *Standards* die Runde gemacht und beherrschte die Morning Shows der Radio- und Fernsehsender. Anerkannte und auch selbsternannte Terrorexperten erklärten dem Publikum in blumigen Phrasen, dass sie eigentlich nichts Intelligentes zu der behaupteten Bedrohung sagen könnten. Schließlich, und da waren sich alle einig, handelte es sich zum jetzigen Zeitpunkt um eine nicht bestätigte Meldung.

Beim *Daily Standard* selbst liefen die Telefonleitungen heiß. Jeder Journalist im Land versuchte mehr Information von der Zeitung zu erhalten, doch der *Standard* ließ nichts verlautbaren. Alle Anfragen wurden mit der gleichen Antwort bedacht: Um zehn Uhr Ortszeit wird der Chefredakteur eine Pressekonferenz im Foyer der Zeitung abhalten. Zutritt erfolgt nach Erscheinen, die Teilnehmerzahl ist wegen der räumlichen Verhältnisse auf einhundert Reporter beschränkt. Diese Information hatte sich schlagartig im Internet verbreitet, was zur Folge hatte, dass der zwischenzeitlich von der Polizei bewachte Eingang des *Standards* von einer Traube von nicht weniger als zweitausend Journalisten und Schaulustigen belagert wurde.

Der Verkehr auf der Straße rund um das Redaktionsgebäude war vollständig zum Erliegen gekommen.

Parallel dazu wurden im Internet in zahlreichen Foren unter den Hashtags #Doomsday, #UShasfallen und #ThisIsTheEnd die wildesten Theorien diskutiert. Die Meinungen reichten von einer Zeitungsente, die die Auflage des *Standards* erhöhen sollte, über Verschwörungstheorien, dass die CIA oder sonst eine staatliche Macht aus dem In- oder Ausland dahintersteckte, bis zu der am hitzigsten diskutierten Befürchtung, dass tatsächlich ein terroristischer Anschlag unmittelbar bevorstand.

Al-Halabi hatte sich noch vor Veröffentlichung der Meldung an einen geheimen Ort zurückgezogen. Mit großer Genugtuung betrachtete er jetzt auf dem riesigen Fernseher die Live-Bilder von CNN, die die immer größer werdende Menschenmenge vor seinem Zeitungsgebäude zeigten. Drei Sätze, dachte er. Nicht mehr als drei Sätze als Headline und einige unbewiesene Behauptungen und schon läuft die größte Stadt der USA völlig aus dem Ruder. Er schüttelte den Kopf. Schafe, alles Schafe, die immer wieder genau dahin laufen würden, wohin man sie führte. Es war so einfach, eine Masse von Menschen zu beeinflussen. Und das war erst der Anfang, denn bisher hatte die amerikanische Bevölkerung ja außer ein paar Zeitungsmeldungen noch gar nichts erfahren. Mit einem süffisanten Lächeln dachte er dann daran, wie sich das in den nächsten Tagen entwickeln würde, wenn die USA langsam realisierte, dass jede einzelne der Behauptungen vollkommen der Wahrheit entsprach.

WARWICK HOTEL

Krieger legte den Hörer auf. Er hatte eben mit seinen Kollegen vereinbart, dass er zu der Pressekonferenz des *Standards* gehen würde. Er wollte herausfinden, wie die Zeitung noch vor den Ermittlungsbehörden an ihre Informationen gelangt war.

Da nicht zu erwarten stand, dass sie ihr Wissen freiwillig teilten, hatte Jenkins ihm geraten, im Anschluss an den offiziellen Teil noch kurz in der Redaktion vorbeizuschauen. Ein persönliches Gespräch mit al-Halabi oder seinem Chefredakteur würde vielleicht *helfen*.

Da Krieger als deutscher Agent in den Vereinigten Staaten nicht ohne Weiteres ermitteln durfte, hatte Jenkins ihm kurzerhand einen offiziellen FBI-Ausweis ausstellen lassen. Dieses Dokument öffnete in den USA nahezu jede Tür. Krieger steckte den Ausweis ein und musste lächeln. Es war doch immer wieder erstaunlich, was alles möglich war, wenn man die richtigen Leute auf seiner Seite hatte.

Er legte sein Schulterholster an, überprüfte das Magazin seiner Glock und schnallte sich noch sein Messer um die Wade. Dann griff er seine Jacke und verließ kurze Zeit später das

Hotel über einen Seitenausgang zur 6th Avenue. Ein Blick auf die Uhr zeigte ihm, dass er noch fünfunddreißig Minuten bis zur Pressekonferenz hatte. Zeit genug, um die Subway von der 50th Street bis zur South Ferry zu nehmen. Von da aus waren es nur wenige Meter bis zum Redaktionsgebäude des *Standards* am New York Plaza unweit von Ground Zero.

SECHSUNDDREISSIG

MANHATTAN

Cole und Harper fuhren zur gleichen Zeit zum Grand Plaza, dem Hotel, in dem der Biochemiker Nicolas Damerow zuletzt gesehen worden war.

»Was meinst du«, fragte Harper, »wer steckt hinter der ganzen Geschichte?«

»Keine Ahnung, aber wahrscheinlich jemand, der großen Einfluss in den USA hat. Wenn der Diebstahl der Raketen und das Verschwinden von Damerow zusammenhängen, war das nicht einfach zu bewerkstelligen. Vor allem, wenn Damerow nicht freiwillig mitgemacht hat, sondern entführt wurde.«

Cole griff nach ihrem Kaffeebecher, der in dem Cupholder zwischen den beiden Vordersitzen stand, als Harper bremste, um einem Fahrradkurier auszuweichen, der sich rücksichtslos durch die Autos schlängelte. Cole, verlor den Halt und wollte sich gerade mit den Händen an der Konsole vor ihr abstützen, als Harpers rechter Arm nach vorne schoss und sie hielt. Ihre Hände berührten sich. Cole sah zu Harper, der ihren Blick nur kurz erwiderte und sich dann wieder auf die Straße konzentrierte. »Sorry, das war der Radfahrer.«

»Kein Problem«, erwiderte Cole. »Nichts passiert.« Dann

sah sie auf ihre Hand, mit der sie Harper berührt hatte, und musste lächeln. Irgendwie hatte sich das gut angefühlt. Doch im nächsten Moment schob sie den Gedanken beiseite. Sie hatten einen Auftrag zu erfüllen und mussten Damerow finden. Wer steckte hinter seinem Verschwinden?

»Sowas zieht man nicht einfach so durch«, sagte sie dann. »Ein fremder Geheimdienst vielleicht oder eine mächtige private Organisation. Auf jeden Fall jemand, der eine Verbindung zum *Standard* haben muss.«

Sie sah Harper an, der seine Stirn in Falten gelegt hatte, als würde ihm ein Gedanke nicht aus dem Kopf gehen.

»Was glaubst du denn?«

»Ich bin mir nicht sicher. Aber irgendetwas ergibt hier überhaupt keinen Sinn. Wer auch immer dahintersteckt, ist in der Lage, unter unseren Augen einen fürchterlichen Anschlag zu planen. Und wenn es nicht die Meldungen im *Standard* gegeben hätte, hätten wir davon wahrscheinlich überhaupt nichts mitbekommen. «

Harper hielt inne und zog den großen Achtzylinder von der mittleren Spur nach links und kam direkt vor dem großen Hotel zum Stehen.

Dann sah er Cole an. »Stattdessen machen sie alles Schritt für Schritt öffentlich und haben damit sämtliche Sicherheitsdienste der USA aufgescheucht. Damit erhöhen sie doch das Risiko, dass wir sie entdecken und den Anschlag verhindern. Und deshalb frage ich mich: Warum haben sie das gemacht?«

»Um Panik zu verbreiten?«, mutmaßte Cole, ohne selbst wirklich davon überzeugt zu sein. Denn ein erfolgreicher Anschlag würde viel mehr Terror verbreiten als ein angekündigtes und im letzten Moment vereiteltes Attentat. Sie musste sich eingestehen, dass sie auf Harpers Frage auch keine Antwort hatte. Sie konnten ja nur mit den Informationen arbeiten, die ihnen zur Verfügung standen.

Dann schoss ihr ein weiterer Gedanke durch den Kopf.

Vielleicht war das ja genau das, was ihre Gegner von ihnen erwarteten. Hatte man sie absichtlich auf eine falsche Fährte gesetzt? Auch auf diese Frage wusste sie keine Antwort. So kamen sie nicht weiter.

»Was soll's«, sagte sie dann, »nehmen wir uns erst einmal die Hotelangestellten vor. Vielleicht sind wir dann schlauer.«

Harper nickte. Sie stiegen aus dem großen Wagen aus, gaben den Autoschlüssel beim Doorman ab und betraten dann die Eingangshalle des ehrwürdigen Hotels im Herzen des Big Apple.

Nicolas Damerows Gemütszustand wurde von Stunde zu Stunde schlechter. Daran änderte auch der Umstand nichts, dass man ihm zwischenzeitlich mehrmals Essen und Getränke gebracht hatte. Ihn quälte die Frage, wo er war und warum man ihn festhielt. Er war müde und hatte starke Kopfschmerzen. Er fühlte sich dreckig. Sein Körper stank nach Schweiß, und seine Haare waren fettig. Er hatte bislang keine Gelegenheit gehabt, sich zu waschen. In seiner rechten Armbeuge hatte er einige Einstichstellen, die fürchterlich juckten. Vermutlich hatte man ihm irgendein Serum gespritzt, das auch für seine Kopfschmerzen verantwortlich war. Aber was? Und wozu? Er musste sich zusammenreißen, sich nicht zu kratzen, damit sich die Stelle nicht auch noch entzündete.

Das Letzte, woran er sich erinnern konnte, war al-Halabi. Und dass er sich mit irgendjemanden über eine Formel und eine chemische Reaktion unterhalten hatte. Aber welche? Worum war es dabei gegangen? Er konnte die Erinnerungsfetzen zu keinem klaren Bild zusammenfügen. Außerdem er war müde. Schrecklich müde. Und durstig. Er trank einen Schluck Wasser aus der großen Flasche, die sie ihm gebracht hatten und legte sich wieder auf seine Pritsche. Es musste ihm doch gelingen, eins und eins zusammenzuzählen. Er musste doch einen klaren Gedanken fassen. Während er versuchte, ja während er sich zwang, noch einmal alle Geschehnisse zu sortieren, schlief er wieder ein.

Als Krieger die U-Bahn an der Station South Ferry verließ, war der Verkehr bereits vollkommen zum Erliegen gekommen. Die wenigen Meter bis zur Zentrale des *Daily Standard* wurden von einer unüberschaubaren Menschenmenge beherrscht. Krieger kämpfte sich mühsam durch die Massen aus Schaulustigen, Journalisten und den Crews zahlreicher Fernsehsender mit ihren Übertragungswagen. Dazwischen versuchten Polizisten, für Ruhe und Ordnung zu sorgen. Noch war die Stimmung gut, aber das konnte sich von einem auf den anderen Moment ändern. Krieger hoffte, dass die Ordnungshüter ruhig und besonnen vorgehen würden, um unter allen Umständen eine Panik oder Aufruhr zu vermeiden. Ein unkontrollierter Massenandrang war immer eine Gefahrensituation.

Von allen Seiten strömten immer mehr Polizisten herbei. Mit schwarz-gelben Sicherheitsbändern teilten sie den Platz in unterschiedliche Zonen auf und brachten langsam Ruhe in die Menge.

Krieger war beeindruckt, offensichtlich verstanden die Cops ihre Arbeit. Er orientierte sich kurz und machte sich dann wieder auf in Richtung Haupteingang des *Daily Standard*. Doch schon nach zehn Metern wurde er aufgehalten. Ein Polizist forderte ihn deutlich, aber nicht unhöflich auf, den Platz zu verlassen. Krieger griff langsam in die Tasche seiner Jacke und zog seinen FBI-Ausweis heraus. Der Beamte blickte kurz darauf, entschuldigte sich und ließ ihn ohne Weiteres passieren.

Genau in diesem Moment öffnete die Zeitung ihre Türen. Krieger bahnte sich seinen Weg an der Schlange vorbei bis zu den Sicherheitsbeamten, die jeden einzelnen Besucher namentlich aufnahmen. Auch hier zeigte er wieder seinen FBI-Ausweis vor und gelangte ohne eine weitere Kontrolle in das Innere des vierhundert Quadratmeter großen Foyers. Die Eingangshalle war rechtwinklig aufgebaut, etwa zehn Meter hoch und in hellgrauem Marmor gehalten. Die Beleuchtung erfolgte durch goldene Strahler an den Wänden und einen riesigen Kronleuchter, der von der Decke hing. Krieger erinnerte die ganze Atmosphäre an einen Hollywoodfilm aus den zwanziger Jahren. Aufgrund der Kontrolle am Eingang, die zwischenzeitlich auch von der Polizei unterstützt wurde, füllte sich der Raum nur langsam. Krieger wandte sich nach rechts, wo eine kleine Bühne aufgebaut war, als sein Telefon vibrierte. Er blickte auf das Display. Es war eine SMS von Sehun mit dem alten AOL-Slogan: *You've got mail.*

Er öffnete sein E-Mail-Programm und musste grinsen, als er die Nachricht las. *Coole Jacke, vielleicht etwas zu lässig für einen FBI-Agenten, aber cool.*

Krieger sah sich um. An verschiedenen Stellen im Foyer waren Kameras angebracht. Sehun musste sich in das System gehackt haben, wie auch immer er das bewerkstelligt hatte. Aber egal, Hauptsache, er hat es geschafft, dachte Krieger und dankte dem lieben Gott, dass Sehun auf ihrer Seite stand. Dann las er den Rest der E-Mail.

Anbei ein kleines Summary über Dan Ames, den Chefredak-

teur des Standards, *der dich gleich mit einem kurzen und vermutlich nichtssagenden Vortrag langweilen wird.*

Es folgte ein kurzer Lebenslauf mit einigen Fotos und dem Hinweis, dass Ames erst vor drei Jahren zum *Standard* gewechselt war, vermutlich, weil man ihm nicht nur die Leitung der Redaktion, sondern auch ein ungewöhnlich hohes Gehalt angeboten hatte. Vorher war er als Korrespondent einer internationalen Zeitung im Weißen Haus tätig gewesen. Von der Position war der Job beim *Standard* somit ein Aufstieg, allerdings auch ein Wechsel von einem seriösen Blatt zur Yellow Press, der Ames immer wieder Probleme zu bereiten schien.

Sehuns Zusammenfassung zu Ames endete mit den Worten, dass auch der politisch engagierteste Journalist offensichtlich käuflich war.

Es folgten noch einige Informationen zu al-Halabi, dem Eigentümer des *Standards* und dessen Lebensgeschichte, die allerdings erst in den achtziger Jahre begann und mit den Worten endete, dass Krieger bald weitere Informationen zu dem Verleger erhalten würde.

Gerade als Krieger die E-Mail zu Ende gelesen hatte, betrat ein Mitarbeiter des *Standards* die Bühne. Er bat die anwesenden Kolleginnen und Kollegen der Presse und die New Yorker Bürger, die zwischenzeitlich das Foyer bevölkerten, um ein wenig Geduld. Er entschuldigte sich auch für die zusätzlichen Kontrollen, wies aber darauf hin, dass aufgrund der Besonderheit des Anlasses verstärkte Sicherheitsvorkehrungen unumgänglich waren. Da der Einlass langsamer vonstattenging als erwartet, würde sich der Beginn der Konferenz um einige Minuten verzögern. In etwa fünfzehn Minuten, schloss er seine kurze Ansprache, würde der Chefredakteur seine Erklärung abgeben. Dann verließ der Mann die Bühne.

Nachdem sich Harper an der Rezeption als Mitarbeiter des FBI ausgewiesen hatte, ein Standardvorgehen der Mitarbeiter der Task Force, die der Geheimhaltung ihrer Organisation diente, wurden er und Cole vom Direktor persönlich in Empfang genommen. Sie folgten ihm in sein Büro in der vierzigsten Etage des Hotels und nahmen an einem kleinen Besprechungstisch Platz. Cole war beeindruckt von der atemberaubenden Aussicht, die sich ihnen durch die bodentiefen Fenster bot: Manhattan in seiner weltweit einmaligen Schönheit. Für einen Moment war sie überwältigt, bis Harper dem Direktor auseinandersetzte, warum sie hier waren und welche Verbindung einer ihrer Gäste zu den Meldungen hatte, die aktuell die Schlagzeilen beherrschten.

Der Direktor telefonierte daraufhin kurz und tippte hektisch auf seinem Rechner herum.

»Damerow war tatsächlich für drei Tage unser Gast«, sagte er dann nüchtern. »Und er ist auch wieder abgereist. Zwei Tage früher als geplant, aber das ist ja bei Gästen dieses Formates nicht ungewöhnlich. Das Zimmer wurde rechtzeitig gekündigt, und der Gast hat nach meinen Informationen das Hotel ganz normal verlassen.«

»Wann genau war das?«, fragte Cole.

»Nach unseren Aufzeichnungen am vergangenen Freitag.«

»Hat er Ihr Haus alleine verlassen oder war er in Begleitung?«

»Nun, Sie werden mir nachsehen«, fuhr der Mann ein wenig blasiert fort, »dass das eine Information ist, die ich in meinem System nicht ersehen kann. Und selbst wenn, werden Sie verstehen, dass wir in unserem Haus eine gewisse Diskretion wahren.« Er griff zu der Flasche mit dem italienischen Mineralwasser und goss erst sich, dann Harper und erst zum Schluss Cole etwas ein.

Cole war sich nicht ganz sicher, ob der Mann verstand, worum es hier ging. Sie spürte wie neben Ungeduld eine gewisse Wut in ihr aufstieg. Sie ließ sich allerdings nichts anmerken, sondern sah ihrem Gegenüber direkt in die Augen.

»Natürlich verstehen wir, dass Sie in Ihrem Haus und Sie ganz persönlich in Ihrer Stellung für die Privatsphäre Ihrer Gäste verantwortlich sind.« Ihr Ton war ruhig, und der Direktor fühlte sich offensichtlich bestätigt, denn er lehnte sich mit einem zufriedenen Nicken in seinem Schreibtischsessel zurück. Doch seine entspannte Haltung änderte sich schlagartig, als Cole in ebenso versöhnlichem Ton fortfuhr: »Allerdings scheinen Sie den Ernst der Situation zu unterschätzen. Deshalb schlage ich Ihnen folgenden Plan vor. Sie werden jetzt sofort alle Mitarbeiter, die an den drei Tagen in irgendeiner Form mit Nicolas Damerow Kontakt gehabt haben könnten, zusammenrufen. Und dann werden Sie sie alle in einen Besprechungsraum bringen, der groß genug ist, diese Mitarbeiter aufzunehmen. Außerdem werden Sie uns das gesamte Material Ihrer internen Kameras zur Verfügung stellen, inklusive eines Mitarbeiters, der sich damit auskennt. Und das Ganze werden Sie jetzt sofort veranlassen. Als Erstes möchten wir mit den

Zimmermädchen sprechen, die den Raum in den fraglichen Tagen gereinigt haben. Wenn Sie das alles nicht innerhalb der nächsten dreißig Minuten organisieren, dann werden wir nicht nur Ihr Haus evakuieren, sondern es auch von einem Spurensicherungsteam von oben bis unten auf den Kopf stellen lassen. Im Anschluss werden wir das Hotel dann solange geschlossen halten, bis wir alle Ergebnisse haben, die wir benötigen. Das kann gut und gerne vier bis acht Wochen dauern.«

Dann war es Cole, die sich in ihrem Stuhl zurücklehnte und lächelte.

Das Gesicht des Direktors war hochrot, und er schäumte vor Wut. Ganz offensichtlich war er es nicht gewohnt, dass man so mit ihm umsprang. Man konnte ihm ansehen, wie er um Fassung rang und sich zu sammeln versuchte. Dann atmete er kurz hörbar ein, um zu einem verbalen Gegenschlag auszuholen. Doch gerade als er dazu ansetzte, beugte sich Harper vor, griff über den Schreibtisch die Hand des Direktors und sagte in einem Tonfall, der keine Widerrede duldete: »Sie haben meine Kollegin gehört. Und nur, dass wir uns nicht missverstehen möchte ich gerne eines klarstellen. Sollte es Ihnen einfallen, mit uns diskutieren zu wollen, werden wir sofort den zweiten Vorschlag von Agent Cole in die Tat umsetzen.«

Erst jetzt schien der Direktor zu realisieren, dass er keine Wahl hatte. So gut es ging, schluckte er seine Wut herunter und griff erneut zum Hörer seines Telefons. Mit wenigen Worten leitete er alles ein, was Cole ihm aufgetragen hatte. Dann legte er auf.

»Sehr gut«, sagte Cole. »Und jetzt seien Sie so gut und bringen uns direkt in das Zimmer, in dem Damerow bei Ihnen gewohnt hat.«

VIERZIG

ZENTRALE DES DAILY STANDARD

Das Foyer hatte sich zwischenzeitlich so weit gefüllt, dass die Menschen dicht an dicht standen und keine weiteren Besucher mehr eingelassen wurden. Vor dem Podium hatten die Teams der großen Fernsehsender ihre Kameras aufgebaut und eingerichtet. Sie würden die Pressekonferenz live übertragen. Die Schlagzeile des *Standards* war das Thema des Tages, und es gab keine Zweifel, dass sie Rekordzuschauerzahlen erreichen würden.

Krieger hatte sich so positioniert, dass er nicht nur die Bühne, sondern auch den abgesperrten Bereich dahinter gut einsehen konnte. Auf der Bühne selbst standen ein kleiner Tisch und ein Stuhl. Dahinter war eine weiße Leinwand aufgebaut, auf die ein Projektor das Logo des *Daily Standard* warf.

Krieger schaute auf seine Uhr. Es war jetzt exakt 10.15 Uhr. Im nächsten Moment trat der Mitarbeiter, der schon die erste Ansage gemacht hatte, vor das Publikum.

Er räusperte sich kurz und überprüfte das Mikrofon. Von hinten reichte ihm jemand ein Schild mit dem Namen des Chefredakteurs, das er auf den kleinen Tisch vor sich stellte.

Dann begann er mit unsicherer Stimme zu sprechen.

»Meine Damen und Herren, geschätzte Kollegen, ich bedanke mich im Namen unserer Zeitung, dass Sie alle so zahlreich erschienen sind und uns auch beim Einlass so gut unterstützt haben. Sieht ja so aus, als wäre soweit alles ganz friedlich abgelaufen. Wir alle hatten nicht damit gerechnet, dass unsere Meldung für so viel Aufruhr sorgen würde, aber natürlich werden wir uns jetzt, da es so ist, auch dazu äußern. Ich verstehe, dass Sie alle viele Fragen haben, und ich kann Ihnen versichern, dass sich Dan Ames ausreichend Zeit nehmen wird, die meisten davon nach einer kurzen Stellungnahme zu beantworten.«

Dann drehte er sich zur Seite, und die Blicke des Publikums folgten ihm. Die Tür zu seiner linken Seite öffnete sich, und Dan Ames betrat das Foyer. Der Chefredakteur stieg die drei Stufen zu der leicht erhöhten Bühne sehr vorsichtig hinauf. Seine ganze Körpersprache deutete darauf hin, dass er sich nicht besonders wohl in seiner Haut fühlte.

Er nickte kurz seinem Kollegen zu, der daraufhin mit einem spürbar erleichterten Gesichtsausdruck und schnellen Schrittes die Bühne verließ.

Ames, auf dessen Stirn sich Schweißperlen bildeten, nahm am Tisch Platz. Etwas unbeholfen befestigte er das Mikrofon in dem kleinen Ständer vor sich und rückte es dann zurecht. Mit zitternden Händen goss er sich einen Schluck Wasser in sein Glas. Dann klopfte er mit der Hand kurz gegen das Mikro, um zu testen, ob es auch funktionierte, ehe er mit zitternder Stimme sagte: »Meine Damen und Herren, ich bin Dan Ames.«

Der Amerikaner beugte sich über die Landkarte, die vor ihm auf dem großen Besprechungstisch lag. Um ein großes X im Zentrum waren Ringe in unterschiedlichen Farben gezogen. Der Amerikaner griff zu einem Tablet und tippte einige Zahlen ein, ehe er einen roten Stift nahm und eine Anmerkung auf dem Plan eintrug. »So könnte es gehen«, sagte er leise zu sich selbst. »So müsste es gehen.« Nein, dachte er, so könnte es nicht gehen und so müsste es nicht gehen, so *wird* es gehen. Dann rollte er den Plan wieder zusammen und verstaute ihn in dem großen Safe, der hinter dem Schreibtisch in die Wand eingelassen war. Er blickte auf seine Uhr. Showtime. Wollen wir doch mal sehen, was Mr. Ames der Welt mitzuteilen hat, dachte er und erweckte mit einem Ausdruck größter Zufriedenheit den Sechzig-Zoll-Bildschirm vor sich mit einer Geste seiner Hand zum Leben.

ZWEIUNDVIERZIG

ZENTRALE DES DAILY STANDARDS

»Meine Damen und Herren, verehrte Vertreterinnen und Vertreter der Presse, ich begrüße Sie zu unserer kleinen und sehr spontan einberufenen Konferenz.«

Dan Ames lächelte nervös und blätterte in den Unterlagen, die unsortiert vor ihm auf dem Tisch lagen.

»Ich bin überrascht, dass Sie alle gekommen sind, und wie ich gerade von meinem Kollegen gehört habe, sind draußen auf dem Platz noch viel mehr New Yorker, die mit großem Interesse und wohl auch einer gewissen Besorgnis unsere heutige Meldung gelesen haben. Nun, ich möchte dazu folgende Mitteilung machen.«

Er blätterte wieder in seinen Unterlagen, ließ seinen Blick über den Tisch schweifen, als suche er etwas, ehe er in die Tasche seines dunkelbraunen Cord-Sakkos griff und eine Lesebrille zum Vorschein brachte. Nachdem er die Brille aufgesetzt hatte, fuhr er fort:

»Wie Sie alle ohne Zweifel gelesen haben, sind uns Informationen zugespielt worden, ähm, ich meine, haben wir Informationen recherchiert, die Anlass zu großer Sorge geben. Ich versichere Ihnen, dass wir die heutige Meldung nicht ohne genaue Prüfung veröffentlicht haben. Tatsächlich verhält es sich so, wie von uns, ich meine, von mir, beschrieben. Wir glauben, nein, wir sind sicher, dass die Ostküste der Vereinigten Staaten von einem Terroranschlag bedroht sein könnte, der in seinem Ausmaß unvorhersehbare Folgen haben würde.«

Er machte eine Pause, blickte kurz ins Publikum und dann wieder auf die Papiere vor sich.

Im selben Moment überschlugen sich die Stimmen der anwesenden Journalisten aus den ersten Reihen, die Ames alle gleichzeitig mit ihren Fragen bombardierten. Ein lauter Klangbrei, aus dem keine Einzelheiten zu verstehen waren.

Ames blickte wieder auf und sah ebenso verunsichert wie ratlos in die Menge. Er vermittelte den Eindruck, als wäre er von der ganzen Situation hoffnungslos überfordert.

»Bitte, bitte, ich bitte Sie. Warten Sie bitte noch einen Moment. Ich bin mir sicher, gleich wird sich alles klären.«

Er räusperte sich mehrmals, ehe er fortfuhr: »Wir haben uns entschlossen, den Sicherheitsbehörden alle Informationen, die uns vorliegen, in vollem Umfang zur Verfügung zu stellen. Wir sind als Zeitung an einem Punkt angelangt, an dem wir das Richtige tun wollen und das weitere Geschehen in die Hände derer legen werden, die sich damit auskennen. Wir sind schließlich eine Zeitung und nicht das FBI.« Er lächelte und guckte in die Runde, so als hätte er gerade einen großartigen Witz gemacht und wollte sich vergewissern, wie dieser aufgenommen wurde. Niemand lachte.

»Gerade in diesem Moment«, fuhr er fort, »übersenden wir E-Mail-Nachrichten mit einem Link an die zuständigen Behörden, die ihnen Zugang zu unserem Server und allen von uns zusammengetragenen Informationen geben.«

Dann blickte er wieder auf, nur um sich erneut einer Flut von Fragen ausgesetzt zu sehen, die er allerdings allesamt ignorierte. Nervös schob er die Papiere, die vor ihm lagen zusammen, nahm einen Schluck Wasser und stand von seinem Stuhl auf. Dann hielt er kurz inne und beugte sich noch einmal zu seinem Mikrofon. »Das war's, mehr habe ich nicht zu sagen.« Ohne ein weiteres Wort drehte er sich auf dem Absatz um, lief hastig die kleine Treppe hinunter und verschwand durch die Tür links neben der Bühne.

Die anwesenden Journalisten sahen sich verwirrt an, als könnten sie nicht fassen, was hier gerade geschehen war. Vor wenigen Stunden erst hatte der *Standard* eine Nachricht veröffentlicht, die so verrückt klang, dass sich Medien und Bevölkerung nicht einig waren, ob sie jetzt in Panik verfallen oder darüber lachen sollten. Die Pressekonferenz sollte Aufklärung bringen, das war die Erwartung, mit der sie alle gekommen waren. Doch das hatte sie nicht. Ganz im Gegenteil: Sie hatte für noch mehr Verwirrung gesorgt. Während die Redakteure überlegten, wie sie das jetzt kommentieren und bewerten sollten, hatte sich Krieger einen Weg an den Sicherheitskräften vorbei gebahnt und war Dan Ames gefolgt. So leicht, dachte er, lasse ich ihn nicht davonkommen. Denn im Unterschied zum Rest des Publikums wusste Krieger ganz genau, dass die Meldungen des Standards eins zu eins der Realität entsprachen. Er ging davon aus, dass Ames das auch wusste.

»Mr. Ames, Dan, bitte warten Sie einen Moment«, rief Krieger dem leicht untersetzten Chefredakteur hinterher, der keine zehn Meter von ihm entfernt in Richtung der Aufzüge eilte. Ames zuckte erschrocken zusammen und drehte sich um. Er sah erst Krieger an und blickte dann hilfesuchend zu seinen Kollegen, die zahlreich den langen Gang säumten, in der Hoffnung, diese könnten ihm beistehen. Doch die Mitarbeiter des *Standards* blieben stumm, gespannt, was als Nächstes passieren würde. Krieger ging langsam auf den Chefredakteur zu. Ames, offensichtlich kurz davor, in Panik zu verfallen, sammelte sich, so gut es ihm möglich war und fragte dann mit sich überschlagender Stimme: »Wer, wer sind Sie?«

Krieger, der bis auf einen halben Meter auf Ames herangekommen war, blieb vollkommen ruhig. »Mein Name ist Krieger, Luk Krieger, FBI. Ich muss Sie kurz sprechen. Alleine.«

Das gab Ames den Rest, und das letzte bisschen Farbe wich aus seinem ohnehin schon blassen Gesicht.

»FBI? Ich habe Ihnen nichts zu sagen. Wir haben Ihnen einen Link geschickt, da steht alles drin. Bitte verlassen Sie das

Gebäude.« Dann drehte er sich um und stürmte, ohne auf eine Antwort zu warten, weiter in Richtung der Fahrstühle.

Okay, dachte Krieger, wenn er es nicht auf die sanfte Tour will, dann halt auf meine. »Sie gehen nirgendwo ohne mich hin. Bleiben Sie sofort stehen. FBI!«

Ames blieb tatsächlich stehen. Er zitterte am ganzen Leib. Krieger, der zu ihm aufgeschlossen hatte, nahm ihn am Arm, sah sich kurz um und schob ihn dann in den kleinen Raum, der neben ihnen vom Gang abging. Er schloss die Tür hinter sich, zog den Journalisten zu den beiden Stühlen, die an der Stirnseite eines Besprechungstisches standen und wies ihn mit einer eindeutigen Geste an, Platz zu nehmen. Den anderen Stuhl rückte er ganz dicht an Ames heran und setzte sich dann ebenfalls.

»Ich protestiere gegen Ihr Verhalten, ich werde mich bei Ihren Vorgesetzten beschweren«, begann Ames, doch Kriegers Blick brachte ihn zum Schweigen.

»Wir können das jetzt ganz einfach machen, oder es wird etwas aufwendiger. Ihre Entscheidung. Entweder wir beide unterhalten uns hier und jetzt kurz miteinander, oder ich nehme Sie mit zum 26 Federal Plaza, wo Sie dann die nächsten zwanzig Stunden verbringen werden«, sagte Krieger mit Verweis auf das New York Field Office des FBI. Natürlich war das ein Bluff, aber das wusste Ames ja nicht. Die Zeit spielte gegen sie, und Krieger hatte keine Lust, noch mehr davon zu verschwenden. Und der Umstand, dass Ames so nervös war, sprach Bände.

»Ich möchte sofort meinen Anwalt sprechen«, versuchte der in einem weiteren Anlauf, sich der Situation zu entziehen, doch Krieger lächelte ihn nur an.

Dann griff er so in die Tasche seiner Jacke, dass Ames seine Waffe in seinem Schulterholster sehen musste. »Okay, wie Sie wollen. Dann verhafte ich Sie jetzt wegen Verschwörung,

Zurückhalten von Beweisen, Beteiligung zur Vorbereitung an einem Terroranschlag und ...«

»Nein, okay«, unterbrach ihn Ames dann. »Lassen Sie uns reden.«

Krieger sah seinem Gegenüber in die Augen.

»Seit wann haben Sie die Informationen, die Sie heute abgedruckt haben, und wer sind Ihre Quellen?«

»Ich, ich«, stotterte Ames, mittlerweile fast der Ohnmacht nahe. »Ich kann dazu nichts ...« Doch bevor er den Satz beendete, hielt er kurz inne, so als überlegte er, ob das wirklich die beste Idee sei. Dann schien er sich eines Besseren zu besinnen, und mit einem Mal brach es aus ihm heraus.

»Ich wollte das von Anfang an nicht drucken. Das ist doch Wahnsinn. Das haben wir alles von al-Halabi. Er hat uns diktiert, was wir veröffentlichen sollen. Er ist die Quelle. Das Ganze ist wahrscheinlich vollkommen an den Haaren herbeigezogen.« Er hielt inne, schaute auf den Boden und schüttelte seinen Kopf. »Meine Karriere ist zerstört. Ich bin am Ende. Nach dieser Ente wird mich doch niemals wieder jemand einstellen. Oh Gott, die Pressekonferenz war die Hölle. Ich hätte nicht gedacht, dass mir mal sowas passieren würde.« Dann fing er an zu schluchzen.

Krieger, der keinerlei Mitleid für Ames empfand, wurde schlagartig eines klar: Der Mann hatte wirklich keine Ahnung, was hier vor sich ging. So wie es aussah, glaubte er nicht einmal an die Meldungen, die unter seiner Verantwortung für so viel Aufruhr gesorgt hatten. Die Panik hatte er nicht, weil er Angst um sein Leben hatte. Ames hatte lediglich Angst, seinen Job zu verlieren und seinen Ruf für immer zu zerstören. Wenn Ames aber keine Ahnung hatte, dass die Informationen tatsächlich zutrafen, gab es nur eine Person, die Krieger jetzt weiterhelfen konnte.

»Wo ist al-Halabi?«

Ames schaute auf. »Was?«, fragte er, denn er war ganz

offensichtlich mit seinen Gedanken immer noch bei seiner Karriere. »Ach so. Al-Halabi ist ein größenwahnsinniger Spinner.«

»Wo ist al-Halabi?«, wiederholte Krieger.

»Nicht hier. Ich weiß es nicht. Er ist fast nie hier. Gestern war er zum ersten Mal seit langer Zeit wieder in der Redaktion. Dann hat uns dieser Idiot auch noch diese Meldung reingehauen. Und ich Arschloch habe sie veröffentlicht. Ich Idiot.«

Krieger, der jetzt vollends davon überzeugt war, dass Ames wirklich keinen Schimmer hatte, was hier vor sich ging, war es leid, seine Zeit mit ihm zu verschwenden.

»Wie kann ich ihn erreichen? Ich brauche seinen Aufenthaltsort, eine Telefonnummer, irgendetwas.«

Ames sah ihn ungläubig an. »Ich habe keine Ahnung, wo er ist. Wenn er mit uns sprechen wollte, was bisher so gut wie nie vorkam, dann hat er sich bei uns gemeldet. Aber warum will das FBI denn solch eine Ente jagen? Das ist doch alles totaler Quatsch.«

»Das FBI jagt die Ente«, erwiderte Krieger eiskalt, »weil jedes einzelne Wort, das Sie abgedruckt haben, der Wahrheit entspricht.«

Dann stand er auf und ließ einen völlig entgeisterten Ames zurück.

VIERUNDVIERZIG

GRAND PLAZA HOTEL – EHEMALIGES ZIMMER VON NICOLAS DAMEROW

»Versuchen Sie bitte, sich zu erinnern. Gab es irgendetwas, das Ihnen aufgefallen ist, als Sie das Zimmer von Herrn Damerow vergangenen Freitag saubergemacht haben?«, fragte Harper.

Das Zimmermädchen schaute auf den Boden. Die junge Frau war eingeschüchtert und wusste nicht, was sie antworten sollte. Verunsichert sah sie den Hoteldirektor an.

Cole erfasste die Lage sehr schnell. Sie war sich sicher, dass sie mehr von der Mitarbeiterin erfahren würde, wenn sie die Situation etwas entspannte.

»Harper, warum gehst du nicht mit dem Direktor schon einmal in den Konferenzraum zu den anderen Mitarbeitern und checkst, wer noch mit Damerow Kontakt hatte?«

Harper schaute sie kurz an, ehe er verstand und sich an den Direktor wandte. »Bitte, nach Ihnen. Sie haben meine Kollegin gehört.«

Nachdem die beiden das Zimmer verlassen hatten, schloss Cole die Tür.

Mit ruhiger Stimme sagte sie dann: »Rosa, Sie brauchen keine Angst zu haben, wir möchten nur gerne verstehen, was passiert ist. Nicolas Damerow könnte in Gefahr sein, und wir wollen ihm helfen. Nehmen Sie doch erst einmal Platz.«

Sie wies auf das Bett, und das Zimmermädchen folgte ihrer Einladung, ehe sie anfing zu weinen.

»Ich habe doch einen Sohn. Er ist erst vier Jahre alt. Was wird denn mit ihm, wenn ich ausgewiesen werde?«

Jetzt verstand Cole. Offensichtlich hatte Rosa keine Green Card und arbeitete ohne Erlaubnis in dem Hotel. Kein Wunder, dass sie erst ihren Chef angeschaut hatte.

»Rosa«, sagte Cole dann in verständnisvollem Ton. »Ich verspreche Ihnen, dass das keine Folgen für Sie hat. Wir wollen jemandem helfen, der wahrscheinlich in großer Not ist. Wenn Ihre Unterstützung dazu beiträgt, dass wir das können, dann verspreche ich Ihnen, dass ich ein gutes Wort bei den Behörden für Sie einlege, wenn es um Ihre Arbeitserlaubnis geht.« Sie nahm die Hand des Zimmermädchens und hielt sie fest.

»Kann ich mich auf Sie verlassen?«, fragte sie und blickte Cole mit großen Augen an.

»Ja, das können Sie.«

»Okay. Es gab da tatsächlich etwas, denn als ich am Morgen das Zimmer aufräumen wollte, war das Bett nicht benutzt, so als hätte der Gast gar nicht in seinem Zimmer übernachtet.«

»War seine Kleidung denn noch da?«

»Ja, es war noch alles im Schrank. Ganz ordentlich. Selbst die benutzte Wäsche war im Wäschebeutel.«

»Ist Ihnen sonst noch etwas aufgefallen?«

»Na ja, auf dem Schreibtisch lag ein Block, auf dem eine ganze Menge notiert war. Ich kann mich daran noch erinnern, weil er schräg unter dem Telefon lag und ich den Schreibtisch aufgeräumt habe. Wissen Sie, jeder Gegenstand auf dem Schreibtisch hat seinen genauen Platz. Und deshalb habe ich alles aufgeräumt. War das falsch? Hätte ich das nicht machen sollen?«

»Nein, das haben Sie alles richtig gemacht«, beruhigte sie Cole. »Können Sie sich erinnern, was auf dem Block stand?«

»Nein, es ist uns natürlich nicht erlaubt, die Sachen der Gäste anzuschauen. Darum weiß ich es nicht.«

»Kein Problem«, sagte Cole. »Hätte ja sein können.«

»Aber noch etwas war komisch«, sagte das Zimmermädchen. »Ich bin eine halbe Stunde später noch einmal in das Zimmer zurückgekehrt, weil mein Telefon verschwunden war. Ich habe nachgesehen, ob ich es vielleicht hier vergessen hatte. Da war der Notizblock nicht mehr da. Alles andere war noch genauso wie vorher, nur der Block fehlte. Zwei Stunden später habe ich dann die Anweisung bekommen, das Zimmer für neue Gäste herzurichten, weil der Gast vorzeitig abgereist sei. Als ich es betrat, war das Zimmer leer. Bis auf den Wäschebeutel im Schrank, den mit der Schmutzwäsche. Das hat mich gewundert, denn wer vergisst schon die Hälfte seiner Kleidung im Hotel? Es ist nicht so, dass das nicht vorkommt, besonders wenn Gäste ihre Zimmer nicht in Ordnung halten, ich meine, wenn alles rumliegt und so. Aber bei diesem Gast hat es mich gewundert, weil alles so ordentlich war.«

»Was haben Sie dann mit dem Wäschebeutel gemacht?«

»Den habe ich in die Fundkammer gegeben. So wie er war, mit einem Zettel, auf dem ich Zimmer, Datum und den Namen des Gastes vermerkt habe.«

»Wissen sie, ob der Beutel immer noch im Fundbüro ist?«

»Nein, keine Ahnung.«

Du nicht, dachte Cole. Aber ich bin mir sicher, dass es jemanden gibt, der das weiß.

FÜNFUNDVIERZIG

Krieger hatte die Zentrale der Zeitung verlassen und war in Richtung *One World Trade Center* gelaufen. Der riesige Wolkenkratzer, der auf dem Gelände von *Ground Zero* errichtet worden war, ragte über fünfhundert Meter in die Skyline von New York und repräsentierte wie kaum ein anderes Bauwerk den Beginn einer neuen Zeitordnung. Nach Ende des Kalten Krieges hatte hier am 11. September 2001 der Kampf gegen den Terror begonnen. Vielleicht war das auch der Grund, warum er instinktiv hierhergekommen war: Er ahnte, dass eine ähnliche Katastrophe bevorstand.

Krieger blickte in die Höhe. Von hier unten schien der Wolkenkratzer endlos zu sein und direkt in den Himmel überzugehen, ein Effekt, der durch die verspiegelte Fassade noch verstärkt wurde. Er zollte den Amerikanern Respekt. Man konnte über sie, ihre Politik, ihre Einstellung, über ihren Patriotismus und noch über so vieles mehr geteilter Meinung sein. Eins aber zeichnete sie aus: Sie ließen sich nicht unterkriegen, und das zeigten sie der Welt immer wieder, nicht zuletzt durch dieses Mahnmal.

Krieger war während seiner Zeit beim SKT bei mehreren

Einsätze mit US-amerikanischen Spezialeinheiten im Mittleren Osten eingesetzt worden und war einmal mit zwei Navy Seals in einen Hinterhalt geraten. Sie hatten drei Tage ohne Nahrung in der Falle gesessen, in einer Höhle, belagert von den Taliban. Sie hatten kaum noch Munition gehabt, und ihre Lage war nahezu aussichtslos gewesen. Aber sie hatten gewusst, dass Hilfe kommen würde. Das war so sicher gewesen wie das Amen in der Kirche. Denn Amerikaner ließen niemals jemanden zurück. Jeder Soldat und jede Spezialkraft konnte sich immer und zu jeder Zeit darauf verlassen. Am vierten Tag, als sie zusammen nur noch zehn Schuss Munition übrighatten, wurden sie befreit. Wir lassen niemals jemanden zurück! Damals war Krieger ein Teil von ihnen geworden. Deshalb würde er jetzt alles daransetzen, sich zu revanchieren.

Er dachte noch einmal über sein Gespräch mit Ames nach. Der Chefredakteur und seine Mitarbeiter hatten keine Ahnung, was hier geschah. Alle Spuren wiesen in Richtung von al-Halabi. Aber wer war dieser Mann wirklich? Wer waren seine Quellen, und warum veröffentlichte er die Informationen? War er selbst Teil der Bedrohung, war er nur ein Opportunist und nutze die Situation zum Vorteil seiner Zeitung oder war er die Marionette im Spiel einer ganz anderen Macht? Krieger hatte keine Antworten auf diese Fragen. Noch nicht. Aber eins stand fest: Für den Moment war al-Halabi ihre beste Spur, und der würden sie nachgehen. Gerade als er überlegte, was als Nächstes zu tun sein, klingelte sein Telefon. Es war Sehun.

»Hi Krieger, was hast du beim *Standard* rausbekommen?«, fragte der koreanische Hacker.

Krieger setzte ihn kurz ins Bild, und Sehun stimmte zu, dass sie mehr über al-Halabi in Erfahrung bringen mussten. In den amerikanischen Datenbanken hatte er nur sehr wenig über ihn finden können, und in den Archiven der Syrer, deren Landsmann al-Halabi angeblich war, gab es gar nichts.

»Wo bist du gerade?«, fragte er.

»Ground Zero«, erwiderte Krieger.

»Warum?«

»Keine Ahnung, irgendwie musste ich hier her. Irgendwas hat mich hierhingezogen.«

»Weißt du was, Krieger, das bringt mich auf eine Idee. Wenn ich nichts über al-Halabi finde, dann gibt es auch nichts über ihn. Und das lässt nur zwei Schlussfolgerungen zu: Entweder er steht unter dem Schutz eines Geheimdienstes, oder er existiert gar nicht.«

»Was meinst du mit, *er existiert gar nicht*?«

»Na ja, dass al-Halabi gar nicht al-Halabi ist, sondern jemand anderes.«

»Okay. Verstehe. Kannst du damit arbeiten?«

»Keine Ahnung. Das macht die Sache nicht einfacher. Aber ich habe eine Idee. Ich melde mich später bei dir.« Dann legte er auf.

Krieger steckte sein Telefon ein und sah auf die Uhr. Zwölf Uhr mittags. Er hatte noch ausreichend Zeit, ehe sie sich im Situation Room der Task-Force trafen.

Er griff zu seinem Telefon und rief Cole an, in der Hoffnung, dass sie und Harper im Hotel zwischenzeitlich mehr erreicht hatten.

SECHSUNDVIERZIG

GRAND PLAZA HOTEL

Als Cole zusammen mit dem Zimmermädchen den Konferenzraum in der vierten Etage des Hotels betrat, war sie über die große Anzahl von Mitarbeitern überrascht, die dort in den Stuhlreihen nebeneinandersaßen. Es mussten über fünfzig sein. Vorne, mit einem Mikrofon in der Hand, stand Harper und erklärte allen, warum man sie zusammengerufen hatte.

»Ladies und Gents, verehrte Mitarbeiterinnen und Mitarbeiter des Grand Plaza. Mein Name ist Paul Harper, und ich arbeite für das FBI. Wir haben Sie zusammengerufen, weil Sie alle in den vergangenen Tagen mit einem Ihrer Gäste Kontakt hatten oder Kontakt gehabt haben könnten. Wir haben Anlass zu der Befürchtung, dass dieser Gast, Nicolas Damerow, entführt wurde und an einem unbekannten Ort festgehalten wird. Wir alle zusammen haben aber die Chance, ihm zu helfen und aus seiner Situation zu befreien. Dazu sind wir auf Ihre Mitarbeit und Kooperation angewiesen. Meine Kollegen werden Ihnen daher in den nächsten Stunden eine Reihe von Fragen stellen.«

Harper hielt kurz inne und wies mit der Hand auf die zehn

Agentinnen und Agenten, die sich mit ihren dunkelblauen FBI-Jacken deutlich vom Hotelpersonal abhoben. Wo hat er die denn so schnell aufgetrieben, fragte sich Cole. Sie konnte sich nicht vorstellen, dass das in Deutschland in so kurzer Zeit funktioniert hätte. So ist das also, wenn einem der Präsident direkte Unterstützung zusagte.

»Ich bitte Sie darum alle«, fuhr Harper fort, »offen und ehrlich zu antworten und alles zu sagen, an was Sie sich erinnern können, selbst wenn es Ihnen noch so unbedeutend erscheint. Das ist momentan die einzige Chance, die wir haben, um Nicolas Damerow zu helfen. Ich danke Ihnen!«

Harper nickte den FBI-Agenten zu, die jetzt damit anfingen, eine Anwesenheitsliste zu erstellen und die einzelnen Mitarbeiter in Gruppen aufzuteilen.

»Hey, da bist du ja wieder«, sagte Harper und strahlte Cole an. »Nicht schlecht, oder? Ein Anruf hat genügt, und wir hatten die Verhörspezialisten vom FBI bei uns. Ich bin mir sicher, dass wir in zwei bis drei Stunden ein klares Bild davon haben, was hier passiert ist.«

Cole nickte und meinte, so etwas wie stolz in Harpers Augen zu bemerken. Ganz so, als wollte er sie mit seiner Arbeit beeindrucken. Das gefiel ihr. Zufrieden berichtete sie ihm dann von dem Gespräch mit dem Zimmermädchen.

Harper runzelte die Stirn. »Okay. Wenn Damerow wirklich entführt worden ist, dann hatten die Entführer vermutlich einen oder mehrere Verbündete im Hotel.«

Cole nickte. »Das sehe ich auch so.« Sie blickte sich um und deutete dann auf den Hoteldirektor. »Ich habe auch schon so eine Ahnung, wer uns da womöglich helfen könnte. Mr. Smith, kommen Sie doch bitte einmal her«, rief sie laut in Richtung des Direktors.

Der sah auf und kam langsam auf Cole zu, seine Körperhaltung machte deutlich, wie widerwillig er das tat. Die ganze Sache schien ihm nicht zu gefallen. Cole fragte sich, ob das daran lag, dass sie gerade seinen Hotelbetrieb störten, oder ob er etwas zu verbergen hatte. Nun, das werden wir sehr bald herausbekommen, sagte sie sich. Im Laufe der Jahre bei der Polizei hatte sie zahlreiche Verhöre geführt und wusste ganz genau, wie man mit einigen gezielten Fragen, gepaart mit der Fähigkeit, Körpersignale zu lesen, die Wahrheit sehr schnell ans Licht brachte.

»Was kann ich für Sie tun?«, fragte der Direktor jetzt mit einem ironischen Unterton.

»Sie begleiten mich zur Fundkammer. Wie es aussieht, hat Damerow einiges in seinem Zimmer vergessen, und das ist wohl dort gelandet.«

Der Direktor sah irritiert auf, lächelte dann aber überraschend versöhnlich. »Aber natürlich, was immer Sie wünschen.« Cole ließ sich von der scheinbaren Coolness nicht täuschen. Ihr war nicht entgangen, dass er unmittelbar nach ihrer Frage begann, ganz leicht mit seinen Fingern gegen seinen Oberschenkel zu trommeln. Kaum sichtbar, aber deutlich genug, um seine Nervosität zu verraten.

»Ich werde kurz dort anrufen und unser Ankunft ankündigen, dann können wir schneller finden, was Sie suchen. Wenn es denn etwas zu finden gibt«, sagte er und griff zu seinem Telefon.

»Grundsätzlich eine gute Idee«, sagte Cole, »aber ich glaube, dass lassen Sie lieber sein.«

Smith blickte hilfesuchend in Richtung Harper, doch der grinste ihn nur breit an. »Sie haben meine Kollegin gehört.«

Smith steckte sein Telefon wieder ein, zuckte scheinbar gleichgültig mit den Schultern und bat sie dann, ihm zu folgen.

Anna Cole wunderte sich, wie wenig imposant das Grand Plaza hinter den Kulissen aussah. Hier im Keller hatte es wenig von dem Glamour, den das berühmte Hotel für seine Gäste in den öffentlichen Bereichen versprühte. Die Fundkammer war im wahrsten Sinne des Wortes genau das: eine Kammer. Sie maß nicht mehr als zwanzig Quadratmeter und war voller Regale, die vom Boden bis direkt unter die Decke reichten. Überall waren Kisten gestapelt, in denen die unterschiedlichsten Gegenstände gelagert wurden, die Hotelgäste vergessen oder verloren hatten.

»Die meisten Sachen, die bei uns landen, erhalten unsere Gäste innerhalb der ersten vierundzwanzig Stunden nach dem Verlust wieder zurück«, erklärte die Mitarbeiterin, die die Fundkammer leitete. »Alles, was in den Zimmern vergessen wird, können wir einfach zuordnen und senden es den Gästen an ihre Wohnanschrift zu. Anders sieht es mit Gegenständen aus, die in den Restaurants, Bars, im Wellnessbereich oder einfach in den Gängen vergessen und verloren werden. Wenn wir nicht herausfinden können, wem sie gehören, kommen sie hier her. Wir tragen alles in das Fundbuch ein und versehen es mit einer Nummer. Häufig wissen die Gäste gar nicht, dass und wo sie etwas vergessen haben oder es ist ihnen nicht bedeutend genug, sich noch einmal bei uns zu melden.«

»Und was machen Sie dann mit all den Fundstücken?«, fragte Cole.

»Wir heben sie für weitere zwölf Monate auf. Wertlose Gegenstände werden danach entsorgt, alles andere lassen wir versteigern und spenden den Erlös für wohltätige Einrichtungen.«

»Gut«, sagte Cole. »Vielen Dank für die Erklärung.« Dann erläuterte sie, wonach sie suchten.

Die Mitarbeiterin blätterte in ihren Unterlagen und schon kurze Zeit danach erhellte sich ihr Gesicht. »Ja, da haben wir was. Warten Sie kurz.« Dann ging sie zu einer Kiste, die in einem der vorderen Regale stand und stellte sie vor sich auf dem Tresen ab.

»Dann wollen wir mal reinschauen«, sagte sie und öffnete den Deckel. In der Kiste lagen einige Kleidungsstücke.

Cole griff zu der Schachtel mit Einweghandschuhen, die direkt neben ihr auf dem Tisch stand, zog sich zwei Handschuhe über und begann die Kleidung gründlich zu untersuchen. Nach wenigen Momenten wurde sie fündig und zog einen kleinen Notizzettel aus der hinteren Tasche einer Anzughose.

»Was haben wir denn da?«, sagte sie und faltete den Zettel auseinander.

Der Hoteldirektor, der sich bis dahin zurückgehalten hatte, kam auf Cole zu und wollte ihr über die Schulter schauen, doch ein tadelnder Blick von ihr gebot ihm Einhalt.

Cole las den Inhalt des Zettels und wandte sich dann wieder an die Mitarbeiterin der Fundkammer.

»Haben Sie vielleicht eine kleine Tüte für mich? Ich muss den Zettel auf jegliche Art von Spuren untersuchen lassen.«

»Was steht denn drauf?«, fragte der Direktor.

»Das kann ich leider nicht sagen «, wies ihn Cole zurecht. »Sie werden verstehen, dass wir hier eine mögliche Straftat untersuchen, und wie Sie mit Ihren Gästen vertrauensvoll umgehen, tun wir das Gleiche natürlich mit möglichen Beweisen.« Mit diesen Worten nahm sie die Plastiktüte, die ihr der Hotelmitarbeiter hinhielt und legte den Zettel hinein. Dann untersuchte sie die übrigen Kleidungsstücke, allerdings ohne Erfolg.

»Ich glaube, wir sind hier fertig«, meinte sie, nickte der Mitarbeiterin und dem Direktor zu und machte sich wieder auf den Weg aus den Katakomben zu dem Besprechungsraum, wo die übrigen Mitarbeiter gerade von Harper und den FBI-Agenten befragt wurden.

Dort angekommen ging sie schnurstracks auf Harper zu und berichtete kurz, was in der Fundkammer geschehen war. Sie nahm die Tüte mit dem Zettel in die Hand. »20 Uhr – al-Halabi«, sagte sie zu Harper. »Sieht so aus, als hätte Damerow ein Rendezvous mit unserem Zeitungschef gehabt.«

»Yepp«, erwiderte dieser. »Ich schlage vor, wir checken die Security-Videos, vielleicht kommen wir dann weiter.«

In den nächsten dreißig Minuten gingen sie das komplette Videomaterial durch. Und tatsächlich wurden sie fündig. Gegen 19.45 Uhr hatte Damerow über einen Aufzug die Lobby betreten und war dann in ein Taxi gestiegen. Da man das Nummernschild nicht genau erkennen konnte, an den Türen aber eine sehr auffällige Werbung für ein Theaterstück am Broadway geklebt war, hatte Harper kurz telefoniert, und einen seiner Mitarbeiter auf die Überprüfung der Taxiunternehmen angesetzt. Dann sprach er mit dem FBI, um alle Wohnungen, die al-Halabi in New York nutzte, zu checken.

ACHTUNDVIERZIG

MANHATTAN

Der Mann, den die Welt als al-Halabi kannte, drückte seine kubanische Zigarre auf dem Sims seiner Dachterrasse aus und warf den Stummel über vierzig Etagen in die Tiefe. Dann ließ er ein letztes Mal den Blick über den Central Park schweifen, den er von dem Penthouse an der West 59th Street nahezu komplett überblicken konnte, ehe er wieder in das Wohnzimmer ging.

Er goss sich einen Cognac ein und schwenkte die bernsteinfarbene Flüssigkeit in seinem Glas, während er darüber nachdachte, dass mit dem heutigen Tag ein weiterer Teil seines Lebens zu Ende ging. Es war längst an der Zeit. Seit sie seinen Präsidenten am 13. Dezember 2003 festgenommen hatten, war er auf sich alleine gestellt.

Bis zu dem Tag, als ihn vor ziemlich genau einem Jahr der Amerikaner bei einem Cocktailempfang zur Seite genommen und ihm auf den Kopf zugesagt hatte, dass er nicht Hakim al-Halabi sei und dass er seine wahre Identität kennen würde. Im nächsten Atemzug hatte der Mann gesagt, dass er sich keine Sorgen machen solle, weil sein Geheimnis bei ihm sicher aufgehoben sei. Er hatte ihm auch gesagt, dass für den Fall, dass ihm etwas zustoßen würde, seine Identität auffliegen würde. Dann hatte er ihm einen Zettel überreicht, auf dem nicht nur sein wahrer Name, sondern auch sein kompletter Lebenslauf bis zu dem Zeitpunkt, als er als angeblich syrischer Flüchtling in die USA gereist war, zu lesen war. Al-Halabi hatte den Zettel zusammengefaltet und eingesteckt und war der Lunch-Einladung des Amerikaners am nächsten Tag gefolgt.

In einer Suite eines Luxushotels hatte ihm dieser erklärt, dass er die politische Elite in den USA für unfähig halte, das Land zu regieren, und dass er der festen Meinung sei, das Land würde auf einen Abgrund zusteuern. Al-Halabi war sich zunächst nicht sicher gewesen, welches Spiel der Mann spielte, ja er fragte sogar, ob er sich nicht über ihn lustig machte. Er wurde dann aber recht schnell eines Besseren belehrt, als der Amerikaner ihm seine wahren Pläne offenlegte. Die Macht und der Einfluss, die der Mann ausübte, ohne dass dies wirklich öffentlich bekannt war, hatten ihn überrascht. Und der Fanatismus, mit dem er über die Vernichtung großer Teile der USA sprach, hatten in ihm das Feuer wieder entfacht, das schon Ende der neunziger Jahre so sehr in ihm gebrannt hatte. Es schien beinahe so, als würden die alten Tage zurückkehren. Doch so sehr al-Halabi sich auch begeisterte, so sehr war er auch Profi. Deshalb überprüfte er in den darauffolgenden Tagen den Amerikaner auf Herz und Nieren. Er konnte allerdings nichts finden, was dessen Vorhaben in Frage stellte. Es schien wirklich so, als meinte er es ernst. Er wollte die USA in Angst und Schrecken versetzen und gleichzeitig ein Zeichen setzen, damit sich das Volk gegen die eigene Regierung auflehnte.

Ein bisschen wie früher, dachte al-Halabi. Gemeinsam hatten sie den Plan entwickelt, den sie jetzt umsetzten. Allerdings musste sich al-Halabi eingestehen, dass der Plan des Amerikaners eigentlich schon feststand und er ihm nur zustimmte. Aber er hieß ihn gut und erklärte sich einverstanden, seinen Teil dazu beizutragen.

Genau das tat er auch. Er entführte den Chemiker und organisierte die Crew, die die Raketen an ihren jetzigen Ort gebracht hatte. Er kümmerte sich um die Verstecke und um die Schmutzarbeit.

Der Amerikaner kümmerte sich um die Satelliten.

Das war Phase eins.

Phase zwei war allein seine Aufgabe, und er hatte sie heute erfolgreich abgeschlossen. Er lancierte Meldungen über seine Zeitung und verursachte damit ein Medienereignis.

Phase drei, und damit der letzte Teil des Plans, bedeutete, dass sie jetzt zum finalen Schlag ausholen würden. Da er sich sicher war, dass ihm die Behörden auf die Spur kommen würden, wusste er, dass es jetzt Zeit war, den Ort zu wechseln. Denn über kurz oder lang würden sie sein Penthouse entdecken. Auch wenn dieses ganz offiziell einem saudischen Prinzen gehörte, zu dem er keinerlei Beziehung hatte und der weder wusste, noch sich dafür interessierte, wer gerade für fünfundachtzigtausend Dollar im Monat seine Wohnung mietete.

Al-Halabi nahm einen weiteren Schluck aus seinem Cognacschwenker, stellte diesen auf der Bar ab, griff sich sein Sakko und seinen Mantel und fuhr dann mit dem Fahrstuhl in die Tiefgarage, wo sein Chauffeur schon auf ihn wartete.

NEUNUNDVIERZIG

Nachdem Krieger sich mit Cole abgestimmt hatte, blickte er auf die Uhr. Er hatte noch neunzig Minuten bis zu ihrem Treffen im Headquarter der Task Force und beschloss, die knapp fünf Meilen zu laufen. Er entschied sich für die ruhigeren Seitenstraßen, die parallel zu den großen Avenues verliefen, die von Geschäftsleuten und Touristen bevölkert waren. Er ging über die Greenwich Street durch Lower Manhattan vorbei am Washington Square Park Richtung Norden. Nach etwa einer halben Stunde wurde er auf Höhe der West 16th Street und 10th Avenue von vier jungen Männern angehalten. Der größte und kräftigste von ihnen baute sich vor Krieger auf und fragte ihn mit einem breiten Akzent nach dem Weg zum Central Park. Die anderen drei, alle deutlich schmächtiger als ihr Anführer, fingen an zu lachen. Keiner von ihnen konnte älter als Anfang zwanzig sein, und sie sahen nicht im Entferntesten so aus, als würde sie eine Wegbeschreibung zum Central Park wirklich interessieren. Ihrer Kleidung und ihrem ganzen Auftreten nach zu urteilen, gehörten sie zu einer der vielen Straßengangs, die New York abseits der Touristenpfade zu einem gefährlichen Pflaster machten. Auch wenn die Zentren der Kriminalität und des Drogenhandels in Brooklyn, Queens, Harlem und der Bronx zu finden waren, gab es überall zersplittert in New York kleine Gruppen von Kriminellen, die im Kampf um Ehre und Territorien immer wieder ihre Opfer forderten.

Krieger musterte die vier und brauchte nicht länger als drei Sekunden, um festzustellen, dass sie keine wirkliche Gefahr für ihn darstellten. Denn selbst wenn sie Schusswaffen bei sich trugen, hatten sie sich so ungünstig positioniert, dass er leichtes Spiel mit ihnen haben würde. Allerdings musste er aufpassen, dass er keine Aufmerksamkeit erregte, denn das war das Letzte, was er jetzt brauchen konnte. Außerdem wollte er sich zu dem Treffen mit Cole, Harper und Jenkins nicht verspäten. Er beschloss also, ihnen eine faire Chance zu geben, ungeschoren davonzukommen. Allerdings glaubte er nicht wirklich daran, dass die vier darauf eingehen würden. Im nächsten Moment zeigte sich, wie recht er mit seiner Einschätzung hatte.

»Jungs, nehmt es mir nicht übel, aber ihr macht gerade einen großen Fehler«, sage er, doch die vier jungen Männer lachten nur überheblich. Ihr Anführer kam bis auf einen Schritt an Krieger heran und blieb so dicht vor ihm zu stehen, dass Krieger seinen Atem spürte. Die anderen veränderten ihre Position kaum; ihre ganze Körperhaltung drückte jetzt Aggression gepaart mit übersteigertem Selbstbewusstsein aus. Krieger sah sich kurz um und stellte fest, dass der Ort für einen Überfall grundsätzlich gut gewählt war. Vermutlich war er nicht der Erste, den sie hier aufhielten. Die Straßen verliefen auf zwei Ebenen, und es gab einige Ecken, die dem Blickfeld von Passanten und Autofahrern verborgen blieben.

Krieger sah auf die Uhr. Er musste sich beeilen, wenn er noch pünktlich zu dem Treffen kommen wollte, und so langsam verließ ihn auch die Geduld. Die Jungs hatten ihre Chance gehabt, aber sie haben sie nicht genutzt. Das würden sie noch lange bereuen.

Krieger wich einige Schritte zur Seite aus, sodass er mit dem Rücken zur Wand eines Gebäudes stand und damit keinen unerwarteten Angriff von hinten befürchten musste. Wie er es erwartet hatte, folgten die vier seiner Bewegung und blieben im gleichen Abstand zu ihm.

Dann beging der Anführer einen entscheidenden Fehler. Er griff in seine Jacke und zog mit seiner rechten Hand ein Springmesser hervor. Mit einem Klicken rastete die Klinge ein, die er Krieger direkt unter die Brust hielt.

»Ich will dein Geld und dein Leben, weißer Mann«, sagte er und auf seinem Gesicht spiegelte sich ein arrogantes Lächeln wider.

Was im nächsten Moment geschah, kam so unvermutet, dass keines der vier Gangmitglieder damit gerechnet hatte. Blitzschnell griff Krieger nach der Messerhand seines Gegenübers und zog ihn nach vorne, während er ihm mit der rechten Faust in den Solarplexus boxte. Zeitgleich trat er ihm frontal gegen das rechte Knie, das mit einem deutlichen Krachen nach hinten wegbrach. Ehe er einen Schmerzensschrei ausstoßen konnte, traf Krieger ihn mit einem weiteren Hieb gegen die Schläfe, sodass er ohnmächtig in sich zusammensackte. Die drei anderen rissen ungläubig ihre Münder auf, und noch bevor sie reagieren konnten, hatte Krieger seine Glock gezogen und auf den Anführer der Bande gerichtet. »Eine falsche Bewegung von euch und euer Boss ist tot.«

Die jungen Männer waren von der Situation vollkommen überfordert. Das Einzige was ihnen einfiel, war gleichzeitig das Dümmste, was sie tun konnten, denn sie griffen ihrerseits nach ihren Waffen. Jetzt hatte Krieger keine Wahl, als alle aus dem Rennen zu nehmen. Bevor einer der drei eine Waffe in den Händen halten konnte, überbrückte er die kurze Distanz zu dem nächsten Gangmitglied, griff das Revers seiner Bomberjacke, zog ihn in seine Richtung und schlug ihm den Kolben seiner Waffe mit voller Wucht gegen den Unterkiefer, wodurch dieser zerbrach. Dann schleuderte er ihn gegen das nächste Gangmitglied, sodass auch dieses strauchelte und beide zu Boden gingen. Damit blieb nur noch einer übrig. Der hatte zwischenzeitlich einen Revolver aus seiner Hose gezogen, doch noch bevor er die Waffe hochbringen und auf Krieger richten konnte, zertrat Krieger ihm mit einem festen Tritt die linke Kniescheibe und schlug seine Hand so zur Seite, dass der Schuss, den der Mann abgab, weit an Krieger vorbeiging. Im nächsten Moment hatte er ihn mit einer schnellen Bewegung entwaffnet und stieß ihn dann so nach hinten, dass er mit seinem Kopf auf die Straße schlug. Das dritte, und bis jetzt einzig unverletzte Gangmitglied sah Krieger mit angsterfüllten Augen an, rappelte sich auf und lief davon, ohne sich ein weiteres Mal umzudrehen.

Krieger durchsuchte die drei verletzten Gangmitglieder und nahm ihnen ihre Waffen und Handys ab. Für einen Moment überlegte er, ob er sie einfach liegen lassen sollte, besann sich dann aber eines Besseren und wählte mit einem der Handys die Notrufnummer der Polizei, wartete, bis der Anruf beantwortet wurde und legte das Gerät dann neben die drei Verletzten auf die Straße. Danach blickte er auf seine Uhr. Noch zwanzig Minuten bis zum Treffen, zu wenig Zeit, um die Strecke zu Fuß zurückzulegen. Er orientierte sich kurz und lief dann die West 16th Street Richtung Osten, zur 9th Avenue runter, wo er in ein Taxi Richtung Central Park stieg.

FÜNFZIG

HEADQUARTER DER TASK FORCE BLUE

Als Krieger den Situation Room betrat, war er etwa zwanzig Minuten zu spät.

»Na, hast du noch ein bisschen Sightseeing gemacht?«, begrüßte ihn Harper mit einem leicht ironischen Unterton.

Krieger zog nur kurz seine linke Augenbraue hoch und legte dann die beiden Pistolen und die Handys, die er den Gangmitgliedern abgenommen hatte, auf den Tisch.

»Ich bin aufgehalten worden. Vielleicht kannst du die hier entsorgen, ich wollte sie nicht in den Hausmüll werfen.«

Cole nahm eine der Waffen in die Hand, bei der die Seriennummer abgefeilt war. »Wo um alles in der Welt hast du die denn her?«, fragte sie mit einer Mischung aus Besorgnis und Vorwurf in der Stimme.

Krieger berichtete kurz und knapp, was geschehen war.

»Und du hast die Jungs da einfach liegen lassen«, fragte Cole, als er mit seinem Bericht fertig war.

»Nicht wirklich, ich habe ihnen noch 'nen Krankenwagen gerufen. Mittlerweile sollten sie versorgt sein.«

Dann nahm er Platz, goss sich ein Glas Wasser ein und

schaute Cole und Harper an, als wäre nichts weiter geschehen. »Kommt Jenkins auch?«

»Jetzt, wo du da bist, schon«, erwiderte Harper.

Cole ärgerte sich über die beiden. Warum mussten sie sich ständig gegenseitig aufziehen? Das begann langsam zu nerven. Wenn sie so weitermachten, würden sie bald eine Grenze überschreiten. Sie wollte das ansprechen und aus der Welt schaffen, doch in dem Moment betrat Jenkins den Raum.

Krieger entschuldigte sich für seine Verspätung und schilderte dem Geheimdienstchef in wenigen Worten, was passiert war.

»Nun, da hat es sicher nicht die Falschen getroffen«, meinte dieser vollkommen unbeeindruckt. »Aber jetzt lassen Sie uns bitte die wirklich wichtigen Dinge besprechen. Cole, Harper, warum fangen Sie nicht an und erzählen uns, was Sie im Hotel herausbekommen haben.«

In den nächsten dreißig Minuten tauschten sie alles aus, was im Verlauf des Vormittags geschehen war.

Zwischenzeitlich hatten sie auch das Taxiunternehmen ausfindig gemacht. Der Fahrer, der Damerow abgeholt hatte, konnte sich noch gut an den Wissenschaftler erinnern. Er hatte ihn ins Waldorf Astoria gebracht. Die weitere Überprüfung hatte ergeben, dass er sich dort tatsächlich mit al-Halabi in dessen Suite getroffen hatte. Danach waren sie mit al-Halabis Limousine weitergefahren. Wohin, war nicht bekannt. Eine Überprüfung der Adressen, unter denen man al-Halabi offiziell finden konnte, führte zu keinem Ergebnis. Tatsächlich hatte er in nicht weniger als zwölf Hotels, an denen er zum größten Teil beteiligt war, ganzjährig Suiten gemietet. Allerdings hielt er sich zurzeit in keiner davon auf. Eine Wohnung, ein Appartement oder ein Haus, das auf seinen Namen lief, gab es nicht.

»Okay, halten wir das mal fest«, sagte Jenkins. »Damerow und al-Halabi haben sich getroffen, und Damerow ist danach nicht wieder aufgetaucht. Wir wissen nicht, ob er freiwillig mit al-Halabi gegangen ist oder ob er entführt wurde. Wir können allerdings davon ausgehen, dass al-Halabi sehr wahrscheinlich in die ganze Sache verwickelt ist und nicht nur in seiner Zeitung darüber berichtet hat.«

»Außerdem wissen wir nicht, wo sich al-Halabi gerade aufhält. Es liegt nahe, dass er untergetaucht ist«, vervollständigte Cole.

»Was unsere nächsten Schritte ziemlich klar umreißt«, ergänzte Harper. »Wir müssen al-Halabi finden.«

»Und wir sollten uns Gedanken über sein Motiv machen«, sagte Krieger. »Was er vorhat, scheint immer klarer zu werden. Die Frage ist nur, warum?«

»Warum sollte das von Interesse sein?«, meinte Harper. »Wichtig ist doch, dass wir ihn jetzt finden. So schnell wie möglich.«

»Genau aus diesem Grund«, erwiderte Krieger. »Wenn wir wissen, was ihn antreibt, haben wir möglicherweise einen weiteren Anhaltspunkt, wo wir ihn oder seine Komplizen finden können. Denn er kann das Ganze unmöglich allein durchgezogen haben. Damerow entführen oder für sich gewinnen, okay, das ist möglich. Das Ganze in der Zeitung veröffentlichen und so die Aufmerksamkeit der Medien und Sicherheitsbehörden auf sich ziehen, schafft er auch noch alleine. Die Raketen, das wird schon schwerer. Aber die GPS-Satelliten unter den Augen der Air Force hacken, das kriegt er nicht alleine hin, spätestens da braucht er mächtige Verbündete. Wer dazu in der Lage ist«, schloss Krieger, »der braucht mehr als Geld und eine Zeitung.«

Cole stimmte ihm zu. Regel Nummer eins in allen Kriminalfällen war die Suche nach dem Motiv. Das führte fast immer zum Täter. Und je genauer ein Anschlag geplant wird, desto mehr Anhaltspunkte musste es geben, diesen aufzuklären.

»Das ist ja alles schön und gut, und ich bin mir sicher, das steht auch in den meisten Lehrbüchern der Kriminalistik«, sagte Harper sarkastisch. »Nur, Krieger, haben wir hier ein Problem. Wir haben keine Zeit. Momentan arbeiten unsere Leute daran, die Medien davon abzuhalten, eine Panik auszulösen. Bis jetzt hat die Öffentlichkeit sich keine Meinung darüber gebildet, ob die Artikel im *Standard* ein schlechter Scherz sein sollen oder ob wirklich etwas dahintersteckt. Al-Halabi ist unsere beste Spur. Wir müssen alles daransetzen, ihr nachzugehen. Vielleicht ist er einfach ein Psycho, der auf Vernichtung aus ist, oder er ist ein reicher Milliardär, der sich langweilt, oder was auch immer ihn antreiben mag. Das ist mir momentan aber echt egal. Ich sage, lasst uns alles daransetzten, dass wir das Arschloch so schnell wie möglich finden. Dann werden wir das Motiv schon aus ihm rausbekommen.« Harper hatte sich das erste Mal in Rage geredet und blickte Krieger aufgebracht an. »Aber wenn du lieber noch ein bisschen Sherlock Holmes spielen willst, dann kannst du das gerne machen. Ich habe keine Lust, weiter Zeit zu verschwenden.«

Krieger war von Harpers Ausbruch mehr als genervt und wollte gerade zu einer Erwiderung ansetzen, als Jenkins sie unterbrach. Ungläubig starrte er die beiden Agenten an, als hätten sie den Verstand verloren.

»Ich glaube, jetzt hat jeder von Ihnen Zeit gehabt, seinen Standpunkt darzustellen und wir können uns wieder der Arbeit widmen. Harper, Sie und Cole hängen sich mit dem New York City Police Department an die Fersen von al-Halabi und sehen zu, ob Sie seine Spur am Waldorf Astoria aufnehmen können. Es muss doch rauszukriegen sein, wohin er mit Damerow in seiner Limousine gefahren ist. Das Department of Transportation hat Zugriff auf tausende von Kameras in der ganzen Stadt. Ich habe den Bürgermeister bereits kontaktiert, und der hat den Chief of Transportation informiert. Mrs. Whalen freut sich, auf Ihren Besuch.«

Dann wandte er sich an Krieger.

»Sie sehen zu, dass Sie Kontakt mit Ihrem koreanischen

Freund aufnehmen. Ich will wissen, was es mit al-Halabi auf sich hat und ob es eine elektronische Spur zu seinen möglichen Komplizen gibt.« Er sah auf die Uhr. »In fünf Stunden treffen wir uns wieder hier.«

Dann schloss er den Ordner vor sich, nickte den dreien zu und verließ den Sit-Room.

EINUNDFÜNFZIG

Nachdem Cole und Harper sich auf den Weg gemacht hatte, rief Krieger Sehun an. Der Koreaner beantwortete den Anruf sofort und war hörbar aufgeregt.

»Krieger, wenn du sehen könntest, was ich gerade sehe. Mann, das ist echt verrückt. Die Kennedy Files sind echter Scheiß dagegen.«

Krieger horchte auf. Es schien, als hätte Sehun tatsächlich etwas Bedeutendes gefunden.

»Wir hatten recht«, fuhr der Hacker fort. »Al-Halabi ist gar nicht al-Halabi. Und er kommt auch nicht aus Syrien. Er kommt aus ...«

Sehun hielt inne. Krieger hörte ihn am anderen Ende der Leitung kichern. Was um alles in der Welt war nur in den Koreaner gefahren? Offensichtlich wollte er, dass Krieger jetzt erriet, woher al-Halabi kam. Krieger, der merkte, dass der Schlafmangel langsam seinen Tribut verlangte und der wegen der Auseinandersetzung mit Harper immer noch schlecht gelaunt war, riss der Geduldsfaden.

»Pak, pass auf, ich weiß deine Genialität zu schätzen, und ich bin mir sicher, dass das alles nicht einfach war, aber ich habe echt keine Zeit für deinen Scheiß. Die verdammte Welt steht am Abgrund. Also sag mir jetzt sofort, was ich wissen muss, oder lass es einfach sein.«

In leicht beleidigtem Ton fuhr Sehun fort: »Du bist ein Spielverderber, Krieger. Wo bleibt da der Spaß? Also gut. Al-Halabi ist tatsächlich Taher Omran.«

Krieger sagte der Name etwas, aber er konnte ihn nicht sofort zuordnen. Taher Omran. War das nicht ein Iraker? Hatte der nicht was mit Saddam Hussein zu tun?

»Na, ist der Groschen gefallen?«, machte sich Sehun lustig. »Taher Omran aus ... Bagdad.«

Und in dem Moment erinnerte sich Krieger.

Omran war einer der berüchtigten Generäle der irakischen Streitkräfte, der im ersten Golfkrieg in den achtziger Jahren durch besonders radikales und skrupelloses Vorgehen eine unrühmliche Bekanntheit erlangt hatte. Schrecklicher Höhepunkt seines Wirkens war der Einsatz von Giftgas, der den tausendfachen Tod von Zivilisten, unter ihnen auch zahlreiche Frauen und Kinder, zur Folge hatte. Nach Ende des Krieges im Jahr 1988 war Omran zunächst wie vom Erdboden verschwunden, nur um dann plötzlich bei einem Staatsbegräbnis mit allen Ehren offiziell beerdigt zu werden. Wenn Sehun Recht hatte, war das aber nur ein Ablenkungsmanöver gewesen.

»Woher hast du die Informationen?«, fragte Krieger.

»Das glaubst du nicht«, erwiderte Sehun. »Ich habe erst die syrischen Geburtsregister gehackt, konnte da aber nichts finden. Dann bin ich über Saudi-Arabien und den Iran schließlich im Irak hängengeblieben.«

»Und warum?«

»Na ja, ich habe einen Algorithmus geschrieben, der Datenbanken auf Logikfehler scannt, und Omrans Totenschein ist eine Woche nach seiner Beerdigung ausgestellt worden. Das ist ja nun schwer möglich. Dämlicher Anfängerfehler. Dann habe ich mich in die Archive des irakischen Militärs gehackt und die Fingerabdrücke in seiner Akte mit denen der amerikanischen Einwanderungsbehörde abgeglichen und – Bingo. Ich hatte eine Übereinstimmung.«

Krieger, der sich sicher war, dass Jenkins nur wenig begeistert wäre, wenn er wüsste, dass Sehun in die Rechner der Einwanderungsbehörde eingedrungen war, musste dem Koreaner Respekt zollen. Er hatte wirklich innerhalb eines Tages geschafft, was außer ihm wohl niemand auf der Welt, zumindest nicht in der Kürze der Zeit, hätte herausfinden können.

»Und dann?«, fragte Krieger weiter.

»Na ja, dann gibt es einige weitere Besonderheiten. Er hat als syrischer Flüchtling Asyl beantragt, angeblich politisch verfolgt. Das allein ist nicht weiter ungewöhnlich. Allerdings hat er viel schneller als üblich eine Green Card bekommen und dann ohne jede weitere Verzögerung eine Baufirma gegründet, mit der er schon im ersten Jahr beträchtliche Umsätze erzielt hat. Das Ganze trägt die Handschrift einer klassischen Geheimdienstoperation.«

»Das hätte doch irgendjemandem auffallen müssen!«

»Auf jeden Fall. So etwas kann nicht unentdeckt bleiben. Weil sich aber keiner jemals darüber beschwert hat, können wir sicher sein, dass der Gute eine ganze Reihe von Beamten geschmiert haben muss.« Sehun machte eine Pause, nur um dann wieder einmal seine Abneigung gegen die Vereinigten Staaten zum Ausdruck zu bringen. »Und das bestätigt, was ich schon immer gesagt habe. Wenn du nur genug Geld am Start hast und kein Problem mit Korruption, dann: *Welcome to America*.«

»Okay, was hast du noch über ihn? Freunde, Partner, Geschäftsbeziehungen, Aufenthaltsorte, irgendwas?«

»Nein, noch nichts. Besorge ich dir aber. In spätestens einer Stunde hast du alles, was du brauchst. Aber ich kann dir jetzt schon verraten, dass das ein ziemlich böses Erwachen für einige von deinen Cowboy-Freunden geben wird. Ich bin mir relativ sicher, dass das hier nicht das Erste ist, was Omran gestartet hat. Viel schlimmer aber scheint mir, dass er sich jetzt nicht mehr wie in den letzten zwanzig Jahren darum bemüht, im Geheimen zu operieren, sondern spätestens seit der Veröffentlichung im *Standard* davon ausgehen musste, dass wir ihm auf die Schliche kommen. Und das, Krieger, das macht mir wirklich Angst, denn so wie es aussieht, hat er nichts mehr zu verlieren.«

ZWEIUNDFÜNFZIG

NEW YORK CITY – DEPARTMENT OF
TRANSPORTATION

Etwa zur gleichen Zeit betraten Harper und Cole nur wenige Kilometer entfernt die Zentrale des *New York City Department of Transportation* in der 55 Water Street im Süden Manhattans. Nachdem sie sich am Eingang gegenüber dem Pförtner ausgewiesen und die Sicherheitskontrolle passiert hatten, wurden sie von einem Mitarbeiter der Behörde in Empfang genommen.

»Willkommen«, begrüßte er die beiden und streckte ihnen seine Hand zur Begrüßung entgegen. »Ich bin Juan Diaz und werde Sie direkt zum Commissioner bringen, die sich kurz mit Ihnen unterhalten wird, bevor wir dann in den Bereich gehen, im dem die Kameraaufnahmen ausgewertet und gespeichert werden.«

Cole, die weder Lust hatte noch eine Notwendigkeit sah, ihre ohnehin knappe Zeit mit einem unnützen Gespräch zu vergeuden, wollte gerade protestieren, als Harper sie am Arm fasste und ihr zu verstehen gab, dass sie die Chefin sehr wohl sehen wollten.

Sie sah ihn fragend an. Er erwiderte ihren Blick, und sie konnte in seinen Augen erkennen, dass er ihre Sorge verstand, aber auch, dass er wusste, was er tat. Cole vertraute ihm und sagte deshalb nichts weiter.

Sie folgten dem Mitarbeiter durch die Lobby bis zu den Fahrstühlen und fuhren in die neunte Etage, wo sie von Susan Whalen persönlich in Empfang genommen wurden. Commissioner Whalen war eine große Frau mit kurzen, schwarzen Haaren in einem eleganten grauen Hosenanzug.

»Agent Harper, Agent Cole, danke, dass Sie sich die Mühe gemacht haben, kurz zu mir hochzukommen«, begrüßte sie sie und bat sie, ihr in das Büro zu folgen.

Durch die raumhohen Fenster bot sich ihnen ein beeindruckender Blick über den East River. Auf der einen Seite konnte man bis nach Brooklyn Heights und auf der anderen Seite auf die Brooklyn Bridge sehen.

»Sehr gerne, Commissioner Whalen, der Dank ist ganz auf unserer Seite«, erwiderte Harper verbindlich und setzte sich mit Whalen an den großen Besprechungstisch.

»Bevor ich Sie persönlich zu meinem Cam-Team bringe, müssen Sie mir eine Frage beantworten, denn davon hängt eine ganze Menge ab«, sagte Whalen mit ernstem Ton. »Ist an der Räuberpistole, die heute Morgen vom *Standard* veröffentlicht wurde, wirklich was dran? Sind Sie deshalb hier?«

»Ich fürchte«, antwortete Harper, »dass ich Ihnen diese Frage aus Gründen der nationalen Sicherheit nicht beantworten darf.«

Whalen sah ihn durchdringend an, um sicher zu gehen, dass sie die Aussage des Agenten richtig deutete. Harper hielt dem Blick stand und nickte dann unmerklich. Damit war alles klar, und Harper hatte, ohne es wirklich auszusprechen, die Wahrheit der Geschichte bestätigt.

»Ich danke Ihnen«, sagte Commissioner Whalen, der der Ernst der Lage jetzt klar war. »Wenn die Dinge so stehen, werde ich Ihnen zusätzliche Mitarbeiter zur Verfügung stellen. Sie sollen alles bekommen, was Sie brauchen.« Sie erhob sich und deutete zur Tür ihres Büros. »Bitte folgen Sie mir, wir dürfen keine Zeit mehr verlieren.«

Cole, der jetzt klar war, warum Harper die Behördenchefin hatte sprechen wollen, blickte ihren Kollegen an. Der verstand sie, ohne dass sie weiteres Wort wechseln mussten, und lächelte kurz. Dann schlossen sie sich Whalen an, die bereits in Richtung Fahrstühle lief. Als sie den Aufzug in der zweiten Etage verließen, traten sie in ein Großraumbüro, das von Leben erfüllt war. Cole schätzte, dass hier nicht weniger als hundert Mitarbeiter vor großen Monitoren saßen und die Verkehrssituation im Big Apple überwachten. Die Hälfte von ihnen telefonierte. Zwischen ihnen liefen Supervisor umher, die die Arbeit überwachten und gleichzeitig assistierten, wo sie konnten.

»Bitte folgen Sie mir«, sagte Wahlen, »der Bereich da vorne inklusive unserer Mitarbeiter steht voll zur Ihrer Verfügung.« Sie leitete sie in eine Ecke des Büros, in der vier Mitarbeiter, durch Trennwände von den übrigen Traffic Agents separiert, zusammensaßen. Als sie ihre Chefin auf sich zukommen sahen, erhob sich einer der vier. Er stellte sich als Russel Peters vor und musste nach Coles Einschätzung indischer oder pakistanischer Abstammung sein. Er sprach Englisch mit einem breiten Akzent und war ganz offensichtlich nicht in den Staaten geboren.

»Russel und sein Team werden sich um Sie kümmern. Ich kann Ihnen versichern, dass sie alles tun werden, um Ihnen so gut wie möglich zu helfen. Sollten Sie dennoch Fragen haben oder weitere Unterstützung benötigen, können Sie sich jederzeit auch gerne an mich wenden. Und jetzt wünsche ich Ihnen in unser aller Interesse viel Erfolg!« Mit diesen Worten überließ Whalen sie der Obhut von Peters.

Dieser wies ihnen die beiden Stühle zu seiner Linken und Rechten zu und brachte das Waldorf Astoria auf den Bildschirm. »Ich habe verstanden, dass Sie gerne wissen möchten, wohin die Limousine von Mr. al-Halabi gefahren ist, nachdem sie vergangenen Freitagabend das Waldorf verlassen hat. Ich bin mir sicher, dass ich Ihnen da helfen kann. Sehen Sie selbst.«

Auf dem Monitor sahen Cole und Harper, wie der schwarze Rolls Royce vor dem Waldorf Astoria hielt. Die Bilder waren von einer der Verkehrskameras auf der gegenüberliegenden Seite des Hotels aufgenommen worden.

»Hier sehen Sie, wie al-Halabi und ein weiterer Mann das Auto besteigen, das unmittelbar danach abfährt.« Auf dem Monitor verfolgten sie, wie der Wagen das Bild verließ, nur um kurz danach auf einem weiteren Bild wiederaufzutauchen.

»Ich habe die Route bis zu ihrem Ziel verfolgen können«, sagte Peters mit einem nicht zu überhörenden Stolz in der Stimme. Auf dem Monitor sahen sie, wie der PKW unmittelbar vor Damerows Hotel hielt und ein Mann den PKW verließ. Danach fädelte der Rolls Royce wieder in den Verkehr ein.

»Verdammt«, stieß Harper hervor. »Dann hat al-Halabi Damerow nach ihrem Abendessen wieder in seinem Hotel abgeliefert und doch nichts mit seinem Verschwinden zu tun.«

»Damit«, sagte Cole, »verläuft unsere beste Spur im Sand, und wir stehen wieder ganz am Anfang.«

DREIUNDFÜNFZIG

HAUPTQUARTIER DER TASK FORCE BLUE

Krieger saß immer noch im Situation Room und blickte auf die Zettel vor sich. Er hatte alle ihnen bekannten Informationen jeweils auf einer eigenen Karteikarte festgehalten und diese nach Fakten und Vermutungen sortiert. Er schob die Karten vor sich hin und her, arrangierte sie immer wieder anders, und jedes Mal ergab sich eine neue Geschichte. Obwohl er wusste, dass ihm noch einige Daten fehlten, die das Bild komplett machen würden, wollte er auf jeden Fall schon mal die Varianten ausschließen, die auf keinen Fall in Betracht kamen.

Gerade als er sich einem weiteren Anlauf widmete, klingelte sein Telefon. Es war Sehun.

»Hast du was Neues für mich?«, fragte Krieger.

Sehun seufzte. »Würde ich dich sonst anrufen?«

Krieger ignorierte den Vorwurf in der Stimme seines Freundes. »Schieß los, spann mich nicht weiter auf die Folter.«

»Was ich dir jetzt sage, wird dir nicht gefallen. Auf keinem Fall aber wird es den Amis gefallen. Die Information, die ich dir jetzt mitteile, lässt ihre Nahostpolitik der letzten zwanzig Jahre in einem gänzlich neuen Licht erscheinen.«

»Inwiefern?«

»Na ja, bislang ist die Welt davon ausgegangen, dass die Anschläge von 9/11 von einer Bande Terroristen durchgeführt worden sind.«

»Und das ist nicht richtig?«

»Nun, *ausgeführt* trifft es wohl durchaus. Aber so wie es aussieht, keineswegs geplant.«

»Das ist ja nicht neu«, erwiderte Krieger. »Da die meisten der Attentäter Saudis waren und Saudi-Arabien das auch eingestanden hat, steht wohl eher zu vermuten, dass, wer auch immer die Hintermänner sind, zumindest von Saudi-Arabien oder einer einflussreichen Person oder Gruppe aus Saudi-Arabien finanziert wurden. Nicht umsonst haben die Saudis ja, wenn auch nicht ganz freiwillig, einen nicht unerheblichen Betrag als Wiedergutmachung gezahlt und den USA Zugang zu Informationen und Militärstellungen in ihrem Einflussbereich zugestanden.«

»Soweit auf jeden Fall die halboffizielle Version«, sagte Sehun. »Tatsächlich aber verhält es sich wohl eher so, dass jemand ganz anderes dahintersteckt.«

»Doch nicht etwa Omran?«, fragte Krieger, nur um sich dann selbst zu korrigieren. »Ich meine natürlich, doch nicht etwa der Irak, also Saddam Hussein?«

»Doch, exakt der. Und damit noch nicht genug, denn die Zusammenhänge offenbaren eine noch viel verrücktere Geschichte.«

»Und zwar?«

»Nun, mein deutscher Freund«, sagte Sehun. »Das kannst du in deinen E-Mails nachlesen.« Damit legte er auf.

Krieger startete sein MacBook und öffnete den Anhang von Sehuns Mail. Was er dort las, verschlug ihm den Atem.

VIERUNDFÜNFZIG

Harper und Cole fuhren ohne wirkliches Ziel die 5th Avenue in Richtung Central Park. »Irgendetwas stimmt hier nicht«, sagte Cole. Ihr Instinkt sagte ihr, dass sie etwas übersehen haben mussten, denn ihre bislang beste Spur – dass al-Halabi hinter dem Verschwinden von Damerow steckte – schien sich in Luft aufgelöst zu haben.

»Lass uns nochmal genau durchgehen, was wir eben gesehen haben«, sagte sie deshalb.

Harper, dessen gute Laune einem offensichtlichen Ärger gewichen war, musste sich sichtlich zusammenreißen, als er die Fakten noch einmal zusammenfasste.

»Wir haben eben gesehen, wie al-Halabi und Damerow das Waldorf verlassen und al-Halabi ihn dann wieder in seinem Hotel abgesetzt hat.« Er machte eine kurze Pause. »Ende der Geschichte.«

Cole wollte ihm gerade zustimmen, als es ihr wie Schuppen von den Augen fiel.

»Nein«, sagte sie deshalb. »Wir haben gesehen, wie zwei Männer das Waldorf verlassen haben und dann einer vor Damerows Hotel abgesetzt wurde. Was wir nicht gesehen haben, denn dafür war die Auflösung der Aufnahmen viel zu schlecht, war, wer die beiden Männer gewesen sind.«

Harper sah sie zweifelnd an, widersprach ihr aber nicht gleich.

»Was wäre denn, wenn wir genau das gesehen haben, was wir sehen sollten? Was, wenn al-Halabi das Ganze nur inszeniert hat, damit unsere Spur ins Leere läuft? Was, wenn er wusste, dass wir die Kameras überprüfen würden? Was, wenn das gar nicht al-Halabi und Damerow gewesen sind?«

Harper musste Cole zustimmen. Das war durchaus möglich. Wahrscheinlich genug auf jeden Fall, um zum Waldorf zu fahren und dort die Aufzeichnungen der Kameras zu checken. Er dachte für einen Moment, dass sie diesen Fall dreißig Jahre zuvor, als die Stadt nicht komplett unter Videoüberwachung gestanden hatte, weitaus anders hätten behandeln müssen. Cole war wirklich scharfsinnig. Er blickte die deutsche Agentin an. Vielleicht war sie sogar noch viel mehr als das. Dann trat er das Gaspedal seines SUVs bis zum Anschlag durch, und der schwere Wagen schoss die 5th Avenue entlang in Richtung des Luxushotels.

FÜNFUNDFÜNFZIG

IRGENDWO IN DEN USA – ZUR GLEICHEN ZEIT

Sehr gut, dachte der Amerikaner und blickte zufrieden auf seinen Bildschirm. Soeben hatten sie die Informationen über Taher Omran und seine erste Mission in den USA gefunden und damit eines der am besten gehüteten Geheimnisse der vergangenen Jahre entdeckt. Das war für die Mission nicht unbedingt erforderlich, aber hilfreich. Denn damit folgten sie jetzt endgültig der Spur, die er für sie ausgelegt hatte. Was Omrans Geschichte betraf, hatte er sich diese nicht einmal ausdenken müssen. Es genügte vollkommen, sie sich zunutze zu machen. Wenngleich er bezweifelte, dass sie jemals an die Öffentlichkeit käme.

Er griff nach dem Becher vor sich und trank einen großen Schluck Vipala. Wenn sie jetzt noch eins und eins zusammenzählten, dann würden sie den General auch finden und vielleicht als Tüpfelchen auf dem »i« sogar Damerow befreien. Anhaltspunkte genug gab es ja. Nicht zu offensichtlich, dass sie einem sofort ins Auge fallen würden, aber auch nicht so verborgen, dass man sie nicht finden konnte.

Zufrieden lächelnd lehnte er sich in seinem Stuhl zurück.

Und dann, dachte er, dann wird die Welt ein kleines bisschen besser werden. Auch wenn sie vielleicht einen Moment
brauchen würde, bis sie das erkannte.

»Verdammt noch mal, Cole, du hattest recht«, sagte Harper anerkennend, als sie zum dritten Mal die Sequenz auf den Überwachungsmonitoren vor sich abspielten. »Das sind sie wirklich nicht, auch wenn sie auf den ersten Blick so aussehen.«

Die beiden Männer, die den Rolls Royce bestiegen hatten, waren in der Tat weder al-Halabi noch Nicolas Damerow. Es waren vermutlich Mitarbeiter von al-Halabi, denen nicht einmal bewusst war, dass sie Teil einer Scharade waren.

»Zeigen Sie uns jetzt bitte die Aufzeichnungen von dem Flur vor al-Halabis Suite«, wies Cole den Mitarbeiter des Waldorf-Security-Teams an. Der Mann in der blauen Uniform hackte auf die Tasten des Keyboards vor ihm und kurze Zeit darauf erschien der Kamerafeed, auf denen ein langer Gang zu sehen war.

»Es ist die dritte Tür auf der linken Seite«, sagte er und zeigte mit dem Finger auf den Eingang zur Suite.

Am rechten unteren Rand des Bildschirms sah man das Datum und die Zeit. Jetzt öffnete sich die Tür, und die beiden

Männer, die kurze Zeit später den Rolls Royce besteigen würden, verließen die Suite und schlossen die Tür hinter sich. Sie gingen den Flur entlang und verschwanden kurz darauf aus dem Bild.

»Soll ich die beiden verfolgen?«, fragte der Security-Mitarbeiter.

»Nein«, erwiderte Cole. »Wir bleiben auf der Suite. Spulen Sie einfach vor, bis sich da wieder was tut.«

Tatsächlich öffnete sich die Tür keine fünf Minuten später wieder. Als erster trat al-Halabi in den Flur, dicht gefolgt von einem Mann, der einen Rollstuhl schob, in dem zusammenge-sunken ein weiterer Mann saß.

»Das muss Damerow sein«, sagte Cole. »Sehen Sie zu, dass Sie an den dreien dran bleiben. Wir müssen wissen, wo sie hingehen.

Der Sicherheitsmitarbeiter schaltete die Kameraeinstel-lungen so weiter, dass sie den Weg der drei Männer nahezu ununterbrochen verfolgen konnten. Sie fuhren zunächst mit dem Fahrstuhl ins Parkhaus, wo bereits ein Lieferwagen auf sie wartete. Der Fahrer und der Mann, der den Rollstuhl schob, hoben Damerow in den hinteren Teil des Fahrzeugs und kamen kurze Zeit danach wieder raus. Dann sah man, wie al-Halabi mit den beiden sprach. Diese nickten nur, verstauten den Rollstuhl ebenfalls im Lieferwagen und fuhren dann davon.

Al-Halabi griff zu seinem Telefon, sah auf die Uhr und wurde keine zwei Minuten später von einem Lincoln Town Car abgeholt, das ihn direkt in der Parkgarage aufnahm.

»Können Sie an den Lieferwagen und den Lincoln so ranzoomen, dass wir die Kennzeichen erkennen?«, fragte Cole.

Der Security-Mann nickte, und wenige Sekunden später hatten sie die Nummern notiert. Harper griff zum Telefon und rief Whalen an. Er erklärte der Commissioner kurz die Lage, und Whalen sagte ihnen zu, dass sie beide Spuren sofort überprüfen würde. Harper wechselte noch einige Worte mit ihr, ehe er auflegte und Cole zunickte. »Na dann, auf in die zweite Runde. Jetzt werden wir den Mistkerl ganz sicher kriegen.«

Gespannt blickten Harper und Cole über die Schultern des Traffic Controllers und verfolgten auf dem Monitor die Fahrt des Lincoln Town Cars, in dem al-Halabi das Waldorf verlassen hatte. Der Wagen fuhr die Park Avenue Richtung Nordosten entlang und bog dann links in die West 57th Street ein, vorbei am Trump Tower bis zur 6th Avenue, wo er rechts abbog und dann direkt auf den Central Park zufuhr. An der West 59th Street, die die Südseite des Central Parks säumt, bog er wieder links ab und kam dann nach einem U-Turn vor einem der großen Apartmentgebäude zum Stehen.

Sofort lief ein Doorman herbei und hielt die Tür des Fonds auf, worauf al-Halabi ausstieg. Er drückte dem Mann einige Dollar in die Hand und betrat das Gebäude, während das Town Car sich wieder in den Verkehr einfädelte.

»Können wir überprüfen, ob al-Halabi dort eine Wohnung hat?«, fragte Cole. Harper nickte und hatte auch schon sein Telefon in der Hand. »Von der Lage her würde es zu ihm passen. In diesem Block wirst du kein halbwegs anständiges Apartment unter zwanzig Millionen Dollar bekommen.

Cole zog die Augenbrauen hoch. Sie wusste wohl, dass die

Immobilienpreise in New York nicht mit denen in Berlin vergleichbar waren, doch diese Zahlen waren selbst für sie überraschend.

Harper, der Coles Verwunderung belustigt zur Kenntnis nahm, ergänzte: »Wenn du das Penthouse haben willst, bist du leicht mit fünfzig bis siebzig Millionen dabei.«

Dann drehte er sich zur Seite, weil sein Telefonat beantwortet wurde. Er sprach für etwa fünf Minuten und wandte sich dann wieder an Cole.

»In diesem Apartmenthaus gehört al-Halabi direkt keine Wohnung. Das FBI schickt aber einen Agenten hin, der überprüft, ob er dort nicht trotzdem häufiger absteigt und ob der Kamerafeed von dem Gebäude selbst etwas hergibt. Danach melden sie sich wieder direkt bei uns.«

»Sehr gut«, sagte Cole. »Dann lasst uns jetzt auf den Lieferwagen mit Damerow an Bord konzentrieren.«

Der Traffic Controller nickte und brachte wieder die Parkhausausfahrt des Luxushotels auf den Bildschirm. Sie sahen, wie der weiße Lieferwagen über die Park Avenue und die East 46th Street in Richtung Franklin D. Roosevelt Drive fuhr und kurze Zeit später auf die Interstate 95 Richtung New Haven einbog.

»Sieht ganz so aus, als würden sie die Stadt verlassen. Es sei denn, das ist nur ein Ablenkungsmanöver, und sie kommen auf einem anderen Weg wieder zurück«, sagte Harper. »Können wir auch über die Interstate den Wagen verfolgen?«

»Darauf habe ich selbst ohne weitere Anweisungen keinen Zugriff«, erwiderte der Traffic Controller. »Mein Bereich endet knapp hinter den Toren New Yorks.«

»Das ist kein Problem«, schaltete sich Whalen ein. Die Behördenchefin griff zu ihrem Telefon und wandte sich nach einem kurzen Gespräch wieder an ihren Mitarbeiter. »Du hast jetzt Zugriff auf alle Kameras in den USA. Also häng dich rein und lass uns sehen, wohin die Mistkerle fahren.«

ACHTUNDFÜNFZIG

THE HAMPTONS – LONG ISLAND

Nicolas Damerow sprang von seiner Liege auf, als sich die Tür zu seiner Zelle öffnete. Anders als an den Tagen zuvor, wo ihm Essen und Getränke lediglich durch eine Klappe gereicht worden waren, betrat jetzt das erste Mal seit seiner Einführung jemand den kleinen Raum. Damerow erkannte die Person sofort, und es kostete ihn einige Mühe, seinen Instinkt zu unterdrücken und sich nicht unmittelbar auf sein Gegenüber zu stürzen. Den Zorn in seiner Stimme konnte er allerdings nicht zurückhalten.

»Al-Halabi, wie kommen Sie dazu, mich verschleppen zu lassen? Was glauben Sie denn, wer Sie sind?«

Der Wissenschaftler zitterte vor Wut und Erregung, doch al-Halabi schien das nicht im Geringsten zu stören. Stattdessen blieb er mitten im Raum stehen und richtete sich mit seiner tiefen, ja fast beruhigend klingenden Stimme an Damerow.

»Sie sind ein Mann der Wissenschaft und der Vernunft. Deshalb werde ich meine Worte sehr direkt wählen, weil ich sicher bin, dass Sie deren Bedeutung sofort verstehen. Also bitte ich Sie, sich zu beruhigen und mir ganz genau zuzuhören.«

Damerow dachte nicht im Traum daran, sich zu beruhigen. Was fiel diesem Mann ein? Glaubte er tatsächlich, dass Geld und Macht ihn dazu ermächtigten, sich alles erlauben zu können? Er setzte an, sich auf al-Halabi zu stürzen.

Al-Halabi seufzte, blickte sich kurz um und winkte mit einer Hand. Sofort stürmten zwei schwer bewaffnete Wachmänner in die Zelle und hielten Damerow fest. Mit Kabelbindern fesselten sie ihn an den einzigen Stuhl, der an der Stirnseite des Zimmers stand.

Al-Halabi schüttelte seinen Kopf und sah dabei auf Damerow herab.

»Nicolas, Nicolas, warum machen Sie sich selbst das Leben so schwer?«

Dann beugte er sich zu dem Wissenschaftler herunter und kam ihm mit seinem Gesicht so nahe, dass Damerow seinen von Tabak und Kaffee geschwängerten Atem riechen konnte.

»Ich gebe Ihnen jetzt eine letzte Chance. Und glauben Sie mir, es ist Ihre allerletzte Chance. Entweder Sie hören mir jetzt zu, oder ich werde meine Männer in Europa bitten, sich mit Ihrer Familie zu unterhalten. Ich bin mir sicher, dass es das eine oder andere Thema gibt, über das meine Männer mit Ihrer Tochter reden wollen.«

Damerow zuckte zusammen, und die ganze Wut, die gerade noch in ihm gekocht und ihm einen gewissen Mut verliehen hatte, fiel in sich zusammen. Stattdessen durchflutete ihn blanke Panik. Gedanken zuckten wie Blitze durch seinen Kopf. Al-Halabi war wahnsinnig. Ein Monster. Das konnte doch nicht wahr sein! Was bildete der Mann sich ein? Meinte er es ernst? War seine Familie in Gefahr? Seine Tochter? Oh Gott, was würden die Männer mit ihr tun? Das durfte er nicht zulassen. Er musste sich zusammenreißen. Er würde alles tun, was al-Halabi sagte. Alles. Er würde nicht den Helden spielen.

Im nächsten Moment wich sämtliche Kraft aus seinem Körper, und er sackte auf seinem Stuhl zusammen.

NEUNUNDFÜNFZIG

»Na, irgendwas Neues rausgefunden?«, fragte Harper als er den Situation Room betrat. Er ließ sich in den schweren Sessel direkt gegenüber von Krieger fallen und griff sich eine der Cola-Dosen, die zusammen mit anderen Getränken in der Mitte des großen Konferenztisches standen.

Krieger schob ihm den Ordner über den Tisch, in dem auf wenigen Seiten die wahre Geschichte von al-Halabi alias Taher Omran zusammengefasst war. Mehr gelangweilt als wirklich interessiert blätterte Harper durch die Seiten und fragte Krieger dann: »Kann uns irgendeine dieser Informationen dabei helfen, das Schwein jetzt dingfest zu machen?«

Krieger ignorierte Harpers Angriff und wandte sich an Cole, die den Raum betrat.

»Hey Anna, schön dich zu sehen. Was habt ihr rausgefunden?«

Cole, die von dem kleinen Wortgefecht zwischen Harper und Krieger nichts mitbekommen hatte, nahm zufrieden in dem Sessel neben ihm Platz und goss sich einen Becher Kaffee ein.

»Eine ganze Menge. So wie es aussieht, sollten wir in den

nächsten zwanzig Minuten den Ort erfahren, an dem sich Damerow und vielleicht sogar auch al-Halabi aufhalten.«

Krieger zog die Augenbrauen hoch und lauschte dann gespannt der Zusammenfassung von Cole.

Gerade als sie geendet hatte, betrat Jenkins den Raum und blickte in die Runde.

»Ich habe Ethan Moore in der Leitung.«

SECHZIG

Die Monitore an den Wänden des Besprechungsraums erwachten zum Leben, und nachdem kurz das Wappen der Task Force Blue zu sehen war, erschien das glasklare Bild von Ethan Moore vor ihnen. Die Qualität der Aufnahme war so beeindruckend, dass es beinahe so schien, als würde der erfolgreiche Unternehmer bei ihnen im Situation Room sitzen. Moore hatte kurze Haare, war braungebrannt und wirkte sehr jugendlich. Seine sechsundvierzig Jahre sah man ihm nicht an.

Anna, die Moore nur aus dem Fernsehen kannte, war überrascht, wie leger der Unternehmer gekleidet war. Unter einem offenen hellblauen Leinenhemd trug er ein weißes T-Shirt, auf dem eine Sonne abgebildet war.

»Guten Tag, mein Name ist Ethan Moore«, stellte er sich vor. »Colonel Jenkins hat mich eben informiert, was Sie wegen des Diebstahls meiner Raketen ermittelt haben. Das ist erschütternd, und ich möchte alles tun, um Sie beim Wiederfinden der Raketen zu unterstützen.«

»Danke, Mr. Moore, das wissen wir sehr zu schätzen«, erwiderte Jenkins. »Wie ich weiß, haben Sie unseren Kollegen vom FBI bereits alle Informationen gegeben, die Ihnen vorlagen. Im

Hinblick auf die jetzige Entwicklung und ein mögliches Attentat auf die Ostküste unseres Landes bitte ich Sie aber darum, sich noch einmal mit einem unserer Mitarbeiter zu unterhalten. Ich möchte sichergehen, dass wir nichts übersehen und jeden noch so kleinen Hinweis genau überprüfen.«

Moore nickte. »Ich habe gleich noch eine kurze Besprechung, stehe dann aber in dreißig Minuten zu Ihrer vollen Verfügung.«

»Ausgezeichnet, vielen Dank. Agent Harper wird sich in einer halben Stunde bei Ihnen melden«, beendete Jenkins das Gespräch, und das Bild auf dem Monitor wich wieder dem Wappen der Task Force.

»Anna, ich möchte, dass du mich bei dem Gespräch unterstützt. Du bist eine erfahrene Ermittlerin, und zusammen sollten wir alle wichtigen Details aus Moore rausbekommen «, sagte Harper.

»Ich weiß nicht, ob das viel Sinn macht«, warf Krieger ein, noch ehe Cole antworten konnte. »Wenn du mit Moore sprichst, wer kümmert sich dann um den Lieferwagen? Wir sollten in den nächsten dreißig Minuten wissen, wohin sie Damerow gebracht haben.«

Cole merkte mit einem Mal, dass sie sich sehr unwohl in ihrer Haut fühlte. Denn unabhängig davon, dass sowohl für Harpers als auch für Kriegers Standpunkt einiges sprach, spürte sie, dass die Spannung zwischen den beiden Agenten stetig zunahm. Zwei Alphatiere, die noch dazu auf der gleichen hierarchischen Ebene standen, zu einem Team zu formen, war ein Ding der Unmöglichkeit. Als Dritte im Bunde realisierte sie gerade, dass sie auf keinen Fall bereit war, offen für Harper oder Krieger Stellung zu beziehen, denn dabei würde sie zwangsläufig unter die Räder kommen. Eine Zwickmühle ohne Ausweg.

Im selben Moment klingelte Harpers Handy. Es war Susan Whalen vom Department of Transportation. Harper nahm das

Gespräch an, schnappte sich seinen Kugelschreiber und machte einige Notizen auf dem Block vor ihm. Dann bedankte er sich und legte auf.

»Die Jungs haben die Spur des Lieferwagens in die Hamptons verfolgen können, wo sie sich aber verliert. Wir sollten sofort ein Team dorthin schicken, um ihn zu finden«, sagte er und schaute in die Runde.

Jenkins nickte. »Ich kümmere mich darum.«

Dann sah Jenkins Krieger an. »Das wäre also geklärt. Ich schlage vor, Sie kontaktieren jetzt Ihren koreanischen Freund und teilen ihm alle Daten mit, die wir haben. Vielleicht kann er den genauen Aufenthaltsort von Damerow ermitteln. Vielleicht hilft das weiter und wir finden auch al-Halabi. Und ihr«, fuhr er fort und wandte sich an Harper und Cole, »kümmert euch um Moore. Wir müssen die Raketen aufspüren!«

Harper blickte mit einem zufriedenen Lächeln zu Krieger. Mit seinen Lippen formte er voller Genugtuung das Wort »Victory«, also Sieg. Krieger schüttelte nur seinen Kopf und verließ den Sit-Room. Er brauchte ein bisschen frische Luft und beschloss, Sehun von draußen anzurufen.

EINUNDSECHZIG

CENTRAL PARK WEST

Krieger atmete tief ein und genoss die frische Luft. Er hatte den kurzen Weg vom Gebäude der Task Force zum Central Park in weniger als fünf Minuten zurückgelegt. An einen Baum gelehnt griff er zu seinem Telefon und wählte Sehuns Nummer. Der Koreaner nahm das Gespräch nach dem zweiten Klingeln an und sprach mit sichtlich erregter Stimme ohne eine Begrüßung auf Krieger ein.

»Okay, was ich dir jetzt sage, fällt mir außerordentlich schwer, aber ich muss es dir sagen: Ich bin verarscht worden.«

»Könntest du etwas präziser sein?«, bat Krieger.

»Alles, was ich gefunden habe, sollte gefunden werden. Ich bin mir nicht sicher, ob *ich* es finden sollte, aber die Spuren wurden immer deutlicher, und über kurz oder lang, spätestens jetzt, musste alles gefunden werden. Egal von wem.«

»Was alles?«

»Alles. Die gehackten Satelliten, das Ozonloch, der verschwundene Biochemiker und schließlich die Infos über al-Halabi. Alles also.«

»Okay, und wie bist du jetzt darauf gekommen?«

»Es gibt ein Muster, das meinen Suchalgorithmus getriggert

hat. Er hat zwar immer aufgrund anderer Dateninformationen reagiert, die scheinbar wahllos im Filter hängen geblieben sind, aber wenn man sie genau analysiert, gibt es einige Gemeinsamkeiten, die unmöglich zufällig sein können. Oder mit anderen Worten, jemand hat eine Fährte gelegt, und ich bin ihr gefolgt.«

»Aber wozu soll das gut sein?«

»Das habe ich mich auch gefragt. Ich kann nur eine logische Erklärung dafür finden. Wer auch immer dahintersteckt, scheint den Anschlag verhindern zu wollen, ohne selbst dabei in Erscheinung zu treten. Deshalb spielt er uns die Informationen zu.«

»Wer könnte das sein? Und warum will er anonym bleiben?«

»Tja, Krieger, das ist wieder einmal die Eine-Millionen-Dollar-Frage. Ich habe keine Ahnung.«

»Und jetzt?«

»Na ja, alles was ich entdeckt habe, stimmt. Also solltet ihr und euer amerikanischer Kumpel weiter daran arbeiten, die verdammten Raketen aufzuspüren, bevor sie gestartet werden, und ich werde herausfinden, wer uns hier manipuliert. Denn eins ist klar: Wer auch immer dahintersteckt und was auch immer sein Motiv ist, er weiß mehr als wir. Und das will ich auch wissen.«

»Okay, dann hören wir uns später«, sagte Krieger und wollte gerade auflegen, als Sehun noch etwas sagte.

»Ach ja, ich weiß übrigens, wo sich al-Halabi aufhält.« Die Aufregung in seiner Stimme war einer nicht zu überhörenden Euphorie gewichen.

Krieger war schon wieder kurz davor, die Geduld zu verlieren. »Nicht wirklich, oder? Damit rückst du erst jetzt raus? Wo um alles in der Welt ist er?«

»Das glaubst du nicht. Er hat offenbar einen Hang für Dramatik. Al-Halabi ist momentan im Stark Tower.«

»Wo?«

»Avengers, die Filme mit Iron Man. Tony Stark, Robert Downey Jr. Der Stark Tower.«

»Sehun, du machst mich wahnsinnig. Wovon um alles in der Welt redest du?«

»Ach Krieger, nun stell dich doch nicht dümmer, als du bist. In den Avengers Filmen gibt es einen Stark Tower, das Hauptquartier von Iron Man. Gedreht wurde das alles im MetLife Building im Herzen von Manhattan.«

»Das ehemalige PanAm Building in der Park Avenue?«, fragte Krieger.

»Genau das. Ich hacke mich gerade durch das System und sehe zu, dass ich seinen genauen Standort rauskriege. Ich vermute, dass er eher oben ist.«

»Geht das etwas präziser?«, fragte Krieger.

»Ich bin dran, mein Freund, ich bin dran«, erwiderte Sehun und legte auf.

»Im MetLife Building?«, fragte Harper und schaute ungläubig auf sein Telefon. »Wie belastbar ist die Information?«

»Das kann ich nicht sagen«, erwiderte Krieger, der Harper sofort angerufen hatte. »Aber bisher hat unser koreanischer Freund noch kein einziges Mal danebengelegen.«

»Was schlägst du jetzt vor?«

»Dass wir uns sofort auf den Weg machen und al-Halabi, nun sagen wir mal, befragen.«

Für einen Moment war es still in der Leitung. Dann sagte Harper: »Okay. Ich sage Jenkins Bescheid, dass er den Call mit Moore übernimmt. Wir treffen uns in drei Minuten bei der Ausfahrt vor unserem Office. Ich sehe zu, dass ich uns noch etwas Verstärkung organisiere.«

Krieger bestätigte und joggte dann zum Gebäude der Task Force. Er legte die Strecke, für die er vorhin noch fünf Minuten gebraucht hatte, in nicht mal zwei Minuten zurück und traf gerade an der Tiefgarage ein, als der schwere Wagen von Harper aus der Ausfahrt kam. Harper bremste kurz und ließ

Krieger einsteigen. Dann schoss der SUV die Central Park West hinunter. Cole, die auf dem Beifahrersitz Platz genommen hatte, wandte sich an Krieger. »In der Tasche neben dir findest du eine kugelsichere Weste und Munition.«

»Wissen wir, in welcher Etage er ist?«, fragte Harper.

»Vermutlich direkt unter dem Dach«, sagte Krieger, während er seine Jacke auszog und die Schutzweste anlegte. »Der Hacker checkt gerade die Mieter und Eigentümer und wird sich bei uns melden, sobald er mehr weiß.«

»Okay, gut. Wir werden von einer Einheit des NYPD unterstützt, die in zehn Minute am MetLife Building eintrifft. Sie steht uns abrufbereit zur Verfügung. Ich hoffe, dass wir das Schwein jetzt kriegen. Wirklich unfassbar, was der hier abzieht.«

Krieger stimmte ihm zu. Wenn sie al-Halabi jetzt in die Finger bekamen, konnten sie den Anschlag vermutlich noch verhindern. Er lud die Glock, verstaute die Magazine in seiner Weste, und gerade, als er seine Jacke wieder überzog, vibrierte sein Telefon. Es war Sehun. Der Koreaner hatte die Daten überprüft und war sich sicher, dass al-Halabi sich in einem von zwei aneinandergrenzenden Appartements aufhielt, die einer Ölfirma gehörten. Er gab kurz den Namen des Unternehmens durch, hatte aber sonst keine weiteren Informationen für Krieger. Mehr sei in der Kürze der Zeit nicht drin gewesen, meinte er.

Besser als nichts, dachte Krieger. Dann setzte er Harper und Cole ins Bild. Inzwischen hatten sie den Central Park hinter sich gelassen und bogen von der East 79th Street nach rechts in die Lexington Avenue ein. Harper lenkte den schweren SUV ruhig, aber mit sehr hoher Geschwindigkeit durch den dichten New Yorker Verkehr. Er hielt sich dabei nicht sonderlich an die Verkehrsregeln; das erinnerte Cole unweigerlich an Kriegers Fahrstil. Wenigstens kommen wir so

schneller voran, dachte sie. Keine sechs Minuten später bremste
Harper den Wagen mit quietschenden Reifen vor einem Seiten-
eingang des MetLife Building ab.

»Agent Harper?« Vor der schweren Tür wartete ein gedrungener Sicherheitsmann auf sie.

»Ja, das bin ich. Das sind die Agents Cole und Krieger. Bitte lassen Sie uns in das Gebäude und zeigen uns den schnellsten Weg in die 54. Etage.«

Der Mann nickte und bat sie, ihm zu folgen.

Anders als der Haupteingang, der in ein großes imposantes Foyer mit Rolltreppen führte, war der schmale Flur des Seiteneingangs wenig ansehnlich. Die rohen unverputzten Wände waren an vielen Stellen lieblos ausgebessert, und überall waren Kabel und Wasserleitungen zu sehen, die scheinbar ohne jegliche Ordnung in der Decke verschwanden. Der Wachmann führte sie den Gang entlang ins Innere des Gebäudes bis zu einem kleinen Raum mit vier Fahrstühlen.

»Nehmen Sie diesen Aufzug«, sagte er und drückte auf einen Knopf. Die Tür des linken Fahrstuhls öffnete sich. Er hielt Harper einen Schlüssel hin und wies auf ein Schloss, das auf der linken Seite angebracht war. »Hiermit können Sie direkt bis in die 54. Etage fahren. Auf Ihrer rechten Seiten finden Sie dann ...«

Doch noch bevor er fortfahren konnte, griff Harper seinen Arm und schob ihn in die geräumige Kabine des Lastenaufzugs. »Das können Sie uns während der Fahrt erklären, wir wollen keine Zeit verschwenden.«

Cole und Krieger folgten ihnen auf dem Fuß, und die Tür des Fahrstuhls schloss sich mit einem leichten Quietschen. Der Sicherheitsmann, dem langsam klar wurde, dass Widerstand zwecklos war, tippte die Ziffern für die vierundfünfzigste Etage auf dem kleinen Tastenfeld des Aufzugs ein, drehte den Zentralschlüssel um neunzig Grad nach rechts, und der Aufzug schoss in die Höhe. Auf einer kleinen digitalen Anzeige konnten sie verfolgen, wie sie in atemberaubender Geschwindigkeit immer mehr Etagen unter sich zurückließen. Cole schluckte trocken, um den steigenden Druck in ihren Ohren auszugleichen, während sie sich noch einmal vergewisserte, dass ihre Waffe durchgeladen war. Dann blickte sie zu Krieger. Es war nicht das erste Mal, dass sie zusammen mit ihm einen Einsatz bestritt, aber noch waren sie kein eingespieltes Team. Krieger erwiderte ihren Blick. Seine Augen strahlten Ruhe und Zuversicht aus, aber er war auch hochkonzentriert. Dann wandte sie sich an Harper. Der hatte seine Augen geschlossen, als würde er sich ganz auf die nächsten Minuten fokussieren.

Mit einem Ruck kam der Aufzug zum Stehen, und die Tür öffnete sich.

Harper sah den Sicherheitsmann, der in eine Art Schockstarre verfallen zu sein schien, fragend an. »Und?«

»Äh, ja, natürlich«, erwiderte der Sicherheitsbeamte in einem Flüsterton, so als würde hinter der nächsten Ecke jemand mit einer geladenen Waffe nur darauf warten, dass er den Fahrstuhl verließ.

Er zeigte, ohne die Kabine zu verlassen, vorsichtig mit seiner Hand um die Ecke. »Dort hinter dieser Tür, am Ende des Gangs, befinden sich gleich linkerhand die beiden einzigen Appartements auf dieser Etage.

»Und beide sind auf die Royal Desert Oil Company zugelassen?«, hakte Cole nach.

Der Wachmann gab einige Daten auf seinem Tablet ein und nickte dann. »Jawohl, Ma'am, ganz genau.«

Dann zog er eine Key-Card aus der Tasche und reichte sie Harper. »Dieser Schlüssel öffnet sowohl die Tür in den Flur als auch die zu den beiden Apartments.«

»Wie kann es sein, dass Sie Generalschlüssel zu den Wohnungen haben?«, fragte Cole. Der Sicherheitsbeamte lachte angespannt. »Glauben Sie etwa, dass Menschen dieser Gehaltsklasse alleine ihre Wohnung putzen oder einkaufen gehen? Die Haushaltshilfen haben hier alle Zugang.«

Krieger klopfte dem Mann auf die Schulter. »Geben Sie uns jetzt noch Ihre zweite Karte, und dann fahren Sie wieder nach unten.« Der Sicherheitsmann kramte in seiner Tasche, holte eine zweite Karte hervor und trat dann einen Schritt zurück.

Dann verließ Krieger mit Cole und Harper den Fahrstuhl. Sie warteten, bis sich dieser wieder auf dem Weg nach unten befand, dann öffnete Harper mit dem ersten Schlüssel die Tür, die in den Flur zu den Apartments führte. Mit einem Schlag befanden sie sich in einer anderen Welt. Im Gegensatz zu den spartanischen und schmucklosen Betonwänden hinter den Kulissen prangte hier purer Luxus. Die Wände waren mit seidenen Tapeten bespannt, auf dem Boden lagen schwere, teure Teppiche, und an der Decke waren dezente Strahler angebracht, die für eine zurückhaltende, aber perfekte Beleuchtung sorgten.

An der Stirnseite ihnen gegenüber war eine weitere Fahrstuhltür zu sehen, die Eingangstüren zu den Wohnungen gingen jeweils in der Mitte des Flures nach links und rechts ab.

»Was meint ihr«, fragte Krieger und schaute Harper und Cole an. »Links, rechts oder beide auf einmal?«

Harper überlegte kurz. Dann breitete sich ein süffisantes Lächeln auf seinem Gesicht aus. »Was würdest du denn sagen?«

»Hängt davon ab, wie gut du bist.«

»Daran soll es nicht scheitern.«

»Dann beide«, sagte Krieger. »Du links, ich rechts und Cole sichert den Flur.«

Cole, die sich bislang noch in keiner entsprechenden Situation befunden hatte, vertraute Krieger zu einhundert Prozent.

Sie nickte den beiden Männern zu. Harper und Krieger positionierten sich jeweils seitlich der Türen für den Fall, dass Schüsse fielen, wenn sie diese öffneten. Dann, auf Kriegers Zeichen, hielten sie die Key-Cards vor die elektronischen Lesegeräte und mit einem Klicken öffneten sich zeitgleich beide Türen.

Nicolas Damerow blickte auf eine Vielzahl von Chemikalien, die auf dem Tisch vor ihm aufgebaut waren. Man hatte ihn aus seiner Zelle in einen weiteren Kellerraum des Hauses gebracht, der zu einer Art einfachem Labor umgerüstet worden war. Damerow sah sich um. Es gab eine ganze Reihe Gerätschaften, die ihm vertraut waren, alles hochtechnologische Apparate, wie er sie in seiner täglichen Arbeit nutzte.

An der Tür standen zwei Wächter, die bislang kein Wort mit ihm gewechselt hatten. Er wusste nicht einmal, ob sie überhaupt Englisch sprachen. Sie hatten militärisch kurze Haare, trugen dunkle Kleidung und waren bewaffnet. Was Damerow allerdings genau wusste, war, was er zu tun hatte. Al-Halabi hatte ihm unmissverständlich klargemacht, was er von ihm erwartete. Er hatte ihm auch gesagt, warum er es tun sollte. Allein, ob er es tun wollte, wusste Damerow nicht. Sollte er wirklich Teil eines Plans werden, der über kurz oder lang Millionen von Menschenleben in Gefahr brachte und eine Katastrophe ungeahnten Ausmaßes auslösen konnte? Die ganze Situation war verrückt. Wer war dieser Mann wirklich? Wer war al-Halabi? Was steckte hinter diesem Plan? Damerow fragte sich, was er eigentlich über den rätselhaften Milliardär wusste, und um ehrlich zu sein, war das nicht viel. Al-Halabi kam aus dem mittleren Osten, er hatte sein Geld mit Immobilien verdient und war nun einer der einflussreichsten Verleger der Vereinigten Staaten. Warum wollte dieser Mann das Land zerstören, dem er seinen Reichtum und seinen Ruhm zu verdanken hatte?

Damerow zögerte, wurde im nächsten Moment aber brutal aus seinen Gedanken gerissen.

Al-Halabi, der über ein Videokonferenzsystem mit ihm verbunden war und dessen Oberkörper nahezu die gesamte Breite des Monitors vor ihm einnahm, sprach ihn mit einer nicht zu überhörenden Kälte in der Stimme an. »Okay, so kommen wir nicht weiter. Wir brechen das ganze hier und jetzt ab. Sie hatten Ihre Chance.«

Dann sah Damerow, wie al-Halabi zu einem Telefon griff und eine Nummer wählte.

Damerow erblasste. Seine Familie. Nein, das durfte er nicht zu lassen.

»Warten Sie, ich mache ja weiter, ich war nur – ich war nur abgelenkt. Warten Sie ...«

Al-Halabi ließ das Telefon sinken. Er schaute Damerow an. Und obwohl er nicht direkt vor ihm stand, sondern nur aus einem Monitor auf ihn blickte, zuckte Damerow innerlich zusammen. Al-Halabis Blick war hart und emotionslos.

»Ich – ich«, stotterte Damerow, »ich brauche nicht lange. Eine halbe Stunde, mehr nicht, dann habe ich alles fertig.«

Al-Halabi hielt inne, so als würde er mit sich ringen. Dann nickte er und steckte sein Telefon wieder ein. Damerow atmete auf.

»Das, mein lieber Damerow, das ist Ihre letzte Chance. Wenn Sie noch ein einziges Mal zögern, dann war es das.«

Dann sprach er auf Arabisch, offensichtlich mit den beiden

Wächtern, denn diese näherten sich jetzt dem Monitor und hörten ihrem Chef aufmerksam zu. Als al-Halabi fertig war, nickten sie kurz, und nahmen dann wieder ihre Position an der Tür ein, ohne Damerow auch nur eines Blickes zu würdigen. Damerow hatte nicht verstanden, was al-Halabi seinen Kettenhunden gesagt hatte, aber sein Tonfall ließ keinen Zweifel zu, dass es wirklich ernst war.

Dann widmete sich al-Halabi wieder dem Chemiker. »Ich haben meinen beiden Mitarbeitern die Anweisung gegeben, beim geringsten Zweifel, ob Sie Ihre Aufgabe erledigen, in der Schweiz anzurufen. Und nur, dass wir uns richtig verstehen: Ihre Familie wird dann nicht einfach ausgelöscht. Ihre Frau, Ihre Tochter und Ihr Sohn werden ungeahnte Schmerzen erleiden. Einer nach dem anderen. Wir werden mit Ihrem Sohn beginnen. Dann folgt Ihre Tochter und zuletzt Ihre Frau. Ihre Frau werden wir nicht töten so wie Ihre Kinder, wir werden sie nur so schwer verletzen, dass sie nie wieder laufen, sprechen oder auch nur ansatzweise ein normales Leben führen kann. Aber wir werden sie leben lassen, damit sie nie vergisst, was sie zuvor gesehen hat. Auch Sie werden Zeuge werden. Von hier aus. Über diesen Monitor, aus dem ich zu Ihnen spreche. Sie werden zusehen. Sie werden zuhören. Und wenn Sie glauben, dass es keine schlimmeren Schmerzen gibt, als den Tod Ihrer eigenen Kinder zu verfolgen, dann, mein lieber Damerow, werden Sie erkennen, dass das ein Irrtum war. Denn dann werden meine Männer sich um Sie kümmern.«

Al-Halabi, der zwischenzeitlich wieder nach Manhattan zurückgekehrt war, um einige wichtige Unterlagen abzuholen, war sich sicher, dass Damerow jetzt spuren würde. Dann lachte er. Wie einfach es doch war, Angst zu verbreiten. Er hatte mal in einem Artikel gelesen, dass fünfundneunzig Prozent aller Dinge, über die man sich Sorgen machte, niemals eintreten würden. So war es auch hier. Wenn Damerow gewusst hätte, dass al-Halabi überhaupt niemanden in der Schweiz hatte, der seine Familie hätte gefährden können, dann hätte er sich sicher anders verhalten. Davon hatte der Biochemiker aber keine Ahnung. Brauchte er auch nicht, denn er war auch so in Panik verfallen. Die Grundlage von Terror war es, Angst zu verbreiten. Und zwar so, dass keiner wissen konnte, ob tatsächlich eine Gefahr bestand. Der bloße Gedanke daran reichte aus. Das war der einzige Grund, warum es immer wieder kleinen Gruppen gelang, Millionen von Menschen in Angst und Schrecken zu versetzen.

Al-Halabi griff nach der Flasche Cognac, die vor ihm auf dem Tisch stand und klappte seinen Laptop, den er eben noch für sein Gespräch mit Damerow genutzt hatte, zu. Dann griff er zu seinem Telefon und wählte die Nummer des Amerikaners, der nach dem zweiten Klingeln antwortete. Al-Halabi teilte ihm kurz mit, dass alles nach Plan lief, als er hinter sich ein Klicken hörte. Er beendete das Gespräch und stand auf. Was war das? Oder hatte er sich das Geräusch nur eingebildet? Sein Instinkt sagte ihm, dass Gefahr drohte, und sein Instinkt hatte ihn noch nie getäuscht. Dann sah er, dass er recht hatte. Ein Lichtschimmer fiel durch den Flur bis in sein Arbeitszimmer. Jemand hatte die Tür zu seinem Apartment geöffnet. Um diese Zeit war das sicher kein Angestellter des Hauses. Al-Halabi schloss seine Augen und schlagartig wurde ihm eins klar: Sie hatten ihn entdeckt!

K rieger fluchte innerlich. Das Klicken der Türschlösser war lauter gewesen, als er gehofft hatte. Aber das war jetzt nicht zu ändern. Vorsichtig drückte er die Tür nach innen auf. Wenigstens waren die Scharniere gut geölt, dachte er. Mit einem letzten Blick über seine Schulter vergewisserte er sich, dass Harper auch so weit war. Dann betrat er die Wohnung so vorsichtig wie möglich, die Glock im Anschlag. Bis auf den Lichtschein, der vom Flur in den Vorraum des Apartments fiel, war es stockdunkel. Krieger hatte sich den Grundriss der Wohnung anhand des Planes, den Sehun ihnen zugesandt hatte, genau eingeprägt. Auf der linken Seite war ein kleines Bad, geradeaus ein großer Wohnraum, von dem weitere Zimmer abgingen. Nachdem er sich überzeugt hatte, dass das Bad leer war, schob er sich Schritt für Schritt vorwärts und lauschte dabei, ob er irgendetwas hörte. Nichts. Stille. Der zentrale Wohnraum war in jeglicher Hinsicht beeindruckend. Obwohl die Lampen nicht angeschaltet waren, fiel durch die bodentiefen Fenster doch so viel Licht des nächtlichen New Yorks, das Krieger sich auch ohne Taschenlampe gut orientieren konnte. Vor ihm stand ein großer Flügel, zur seiner

Linken war eine Theke mit mehreren Barhockern. Zu seiner rechten Seite befand sich eine großzügige Couchgarnitur, die im Halbrund vor einem riesigen, wenigstens neunzig Zoll großen Bildschirm arrangiert war. Neben dem Bildschirm befand sich eine weitere Tür, die in den Schlaftrakt des Apartments führte. Sie war geschlossen. Krieger hielt kurz inne und ging sicher, dass in der anderen Wohnung bei Harper nichts weiter zu hören war. Dann ging er leise auf die Tür zu. Er stellte sich so seitlich vom Türrahmen auf, dass er mit seiner Hand gerade an die Türklinke reichte. Dann drückte er die Klinke vorsichtig herunter. Sie gab widerstandslos nach, und die Tür öffnete sich sofort. Krieger stieß sie leicht nach innen und wartete, ob dahinter jemand auf ihn reagierte. Nichts. Wieder nur Stille. Er kniete sich hin und spähte vorsichtig um die Ecke. Dunkelheit. Er schob die Tür weiter auf und wartete. Nichts. Vorsichtig stand er auf und betrat den Flur, der dahinter lag. Von ihm gingen drei Türen ab, die ebenfalls alle geschlossen waren. Wieder hielt er inne und lauschte, ob sich bei Harper etwas tat oder ob Cole ihnen ein Signal gab. Dann ging er bis zur ersten Tür und öffnete diese genauso vorsichtig wie die zuvor. Der Raum dahinter, ein Gästeschlafzimmer mit angeschlossenem Bad, war leer. Als nächstes kam eine Tür, die in den Master Bedroom führte, das Hauptschlafzimmer, das für die Eigentürmer gedacht war. Krieger überkam das Gefühl, dass hinter dieser Tür jemand sein musste. Er wusste nicht warum, aber irgendetwas sagte ihm, dass al-Halabi keine zwei Meter von ihm entfernt war. Er atmete tief durch, konzentrierte sich, richtete die Glock aus und legte seine Hand auf die Türklinke.

SIEBENUNDSECHZIG

METLIFE BUILDING – MANHATTAN

Al-Halabi hatte im letzten Moment die Tür zu seinem Arbeitszimmer geschlossen. Seine Nerven waren zum Zerreißen gespannt. Aber er zwang sich, einen kühlen Kopf zu bewahren. Er hatte für genau diese Situation einen Fluchtplan entworfen. Plus Ablenkungsmanöver. Genauso einfach wie wirkungsvoll. Allerdings kam es auf das richtige Timing an. Wenn er den Mechanismus zu früh auslöste, würden sich seine Fluchtchancen ganz erheblich verschlechtern. Wenn er ihn zu spät auslöste, würde er vermutlich sterben.

Er hielt sein Ohr an die Tür. Jemand hatte erst den Flur zum Schlaftrakt betreten und war dann in das Zimmer nebenan geschlichen. Er horchte weiter. Die Person hatte das Nebenzimmer verlassen und befand sich wieder im Flur. Sie näherte sich seiner Tür. Al-Halabi hielt die Luft an. Schweiß bildete sich auf seiner Stirn. Vorsichtig hielt er mit seiner linken Hand die Fernbedienung, den Daumen auf dem Auslöser. Er lauschte wieder. Die Person war jetzt unmittelbar vor seiner Tür.

Er drückte den Knopf und im selben Moment legte die Stereoanlage im Nachbarapartment los. Gleichzeitig wurde sein

Mitarbeiter alarmiert, der auf dem Dach des Towers in ständiger Bereitschaft stand. Al-Halabi hörte erst einen lauten Ruf und dann Schüsse, dicht gefolgt von Schritten, die sich von seiner Tür entfernten. Sein Ablenkungsmanöver hatte funktioniert. Er wartete drei Sekunden, ehe er die Tür nahezu geräuschlos öffnete und verließ das Zimmer. Der Flur vor ihm war leer, und er rannte in das dritte Zimmer, das bisher noch nicht kontrolliert worden war, schloss die Tür hinter sich und schob den Riegel vor. Dann wandte er sich zu der Notausgangstür vor ihm, stieß sie auf, worauf ein schriller, nahezu ohrenbetäubender Alarm ausgelöst wurde. Al-Halabi fluchte. Das hatte er vergessen. Egal. Er musste jetzt weiter. In Windeseile rannte er auf die Stufen zu, die vor ihm lagen. Über sechs Etagen führten sie direkt bis auf das Dach. Al-Halabi ächzte. Das Leben der vergangenen Jahre, das Essen, der Alkohol und die Zigarren forderten ihren Tribut. Doch er riss sich zusammen. Er musste jetzt da durch und all seine Kraft aufwenden. Dann hatte er noch eine Chance. Er erklomm die Treppe so schnell er konnte, rannte Stufe um Stufe nach oben, bis er kurz darauf die Tür erreichte, die direkt aufs Dach führte. Hinter sich hörte er Schritte. Sie waren ihm direkt auf den Fersen. Al-Halabi stieß die Tür auf und rannte ins Freie. Dort, direkt vor ihm, auf der großen Plattform, startete sein Pilot den Motor des Helikopters. Die Rotorblätter fingen gerade an, sich zu drehen. Al-Halabi überwand die zwanzig Meter bis zu dem provisorischen Helipad innerhalb kürzester Zeit. Der Motor war noch nicht auf vollen Touren, als er in die Kabine des Hubschraubers kletterte. Er schrie seinen Piloten an, als würde das einen Unterschied machen. Jetzt zählte jede Sekunde. Der Rotor drehte sich immer schneller und schneller, und endlich zog der Pilot die Maschine nach oben. Al-Halabi blickte zu der Tür, aus der er selbst gerade auf das Dach gekommen war. Im selben Moment, als sich der Helikopter in den New Yorker Nachthimmel erhob, stürmten drei Personen auf das Dach:

zwei Männer, dicht gefolgt von einer Frau. Sie hatten ihre Waffen gezogen und zielten auf ihn. Doch sie kamen zu spät. Nur wenige Sekunden, aber zu spät. Immer weiter entfernte sich der Helikopter, und die Schüsse, die die drei abgaben, trafen ihn nicht. Al-Halabi atmete tief durch. Er war im letzten Moment entkommen.

ACHTUNDSECHZIG

METLIFE BUILDING – MANHATTAN

Harper fluchte laut und blickte dem Helikopter nach, der im Dunkel der Nacht entschwand. Er gab sich die Verantwortung dafür, dass sie al-Halabi nicht festgesetzt hatten. Er war es gewesen, der auf das Ablenkungsmanöver hereingefallen war, und Krieger und Cole zu Hilfe gerufen hatte. Doch das spielte jetzt keine Rolle. Schuldzuweisungen brachten sie nicht weiter. Harper war Profi genug, sich auf den nächsten logischen Schritt zu konzentrieren. Er griff zu seinem Telefon und rief den Leiter der FBI-Einheit an, die ihnen zur Unterstützung zur Verfügung gestellt war. Er schilderte kurz, was geschehen war und besprach dann die nächsten Schritte. Erst danach wandte er sich an Krieger und Cole. »Tut mir leid, aber das habe ich versaut. Verdammt, das Dach wurde seit dem Unglück in den Siebzigern nicht mehr offiziell als Helipad genutzt.«

Krieger, der seinen Ärger nur schwer verbergen konnte, atmete tief durch und wollte gerade was sagen, als Cole beschwichtigend eingriff. »Das wäre uns auch passiert, mach dir keinen Vorwurf. Viel wichtiger ist jetzt die Frage, wie wir al-Halabi verfolgen können. «

»Ein FBI-Heli wird uns in den nächsten fünf Minuten hier einsammeln. Parallel tracken wir ihn über das Radar. Er wird uns nicht entkommen.«

Jetzt platze Krieger endgültig der Kragen. Er hatte kein Problem damit, eine Lösung zu suchen und optimistisch an die nächste Herausforderung heranzugehen. Was er aber gar nicht leiden konnte, war Harpers Zuversicht, al-Halabi würde ihnen auf keinen Fall entkommen. Mit dieser einseitigen Sichtweise vergaben sie sich die Möglichkeit, alternative Optionen in Betracht zu ziehen. »Ich glaube auch nicht, dass er uns entkommen wird. Es sei denn natürlich, er steigt irgendwo unterwegs aus, wechselt das Verkehrsmittel oder startet ein weiteres Ablenkungsmanöver«, stellte Krieger sarkastisch fest. »Ich weigere mich zu glauben, dass er nicht daran gedacht haben sollte.«

Harper schaute ihn wütend an. Er wusste, dass Krieger recht hatte. Aber warum musste er auch noch Salz in die Wunde streuen? Und das vor Cole. Doch bevor er ihm antworten konnte, hörten sie ein lautes Motorengeräusch. Keine sechzig Sekunden später landete der FBI-Helikopter, ein McDonnell Douglas 530 Little Bird light, vor ihnen auf dem Dach.

Der Pilot gab ihnen ein Zeichen, und sie kletterten in die kleine Kabine. Noch bevor sie die Tür hinter sich geschlossen hatten, hob der Helikopter wieder ab und schoss senkrecht in den New Yorker Himmel.

Der Lärm in der Kabine war ohrenbetäubend. Sie setzten Kopfhörer auf, ohne die eine Verständigung untereinander und mit dem Piloten nicht möglich wäre.

»Wer von Ihnen ist Agent Harper?«, fragte der Pilot.

»Das bin ich. Wie weit sind Sie gebrieft?«

»Ich fliege Sie, wohin Sie wollen, aber wenn ich richtig informiert bin, sollen wir einen anderen Copter verfolgen, ist das zutreffend?«

Harper bejahte die Frage. »Okay«, sagte der Pilot. »Ich habe bereits die Kennung des anderen Helis erhalten. Schauen Sie bitte hier.« Er zeigte mit seinem Finger auf das iPad, das in einer Halterung neben ihm im Cockpit angebracht war. Auf dem Display war eine Landkarte Manhattans zu sehen, auf der sich ein kleiner blinkender Punkt rasch von ihnen entfernte.

»So, wie es aussieht, hat er gerade den East River überquert und fliegt weiter über Queens in Richtung Osten«, stellte Harper fest.

»Ich wette, er will in die Hamptons, wo sich auch die Spur von Damerow verloren hat«, sagte Cole. »Vielleicht schließen sich jetzt alle Lücken, und wir finden beide zusammen.«

»Von der Richtung her haben Sie recht«, sagte der Pilot, aber ich habe eine schlechte Nachricht für Sie: Der Abstand wird sich weiter vergrößern, denn mit Höchstgeschwindigkeit kommen wir auf knapp hundertdreißig Knoten, unser Freund ist aber mit annähernd hundertsiebzig Knoten unterwegs.«

»Solange wir ihn auf dem Schirm haben, sollten wir aber in der Lage sein, ihn zu verfolgen, oder? Haben Sie keine anderen Helis oder Jets, die uns unterstützen können?«, fragte Harper.

»Haben wir, und es läuft auch bereits alles, aber bis wir die in der Luft und auf Kurs haben, vergehen wenigstens zwanzig Minuten. Bis dahin kann Ihr Mann sonst wo sein.«

»Oder er löst sich in Luft auf«, sagte Cole und zeigte auf das iPad, wo das Signal von al-Halabi von einem Moment auf den anderen verschwunden war.

»Okay, Boss, festhalten, wir landen gleich.« Der Pilot flog eine kleine Schleife über den Bergen Point Golf Course, ehe er nach einer kurzen Linkskurve sanft auf der Plattform des Wagstaff Heliports aufsetzte. Al-Halabi sprang aus dem Helikopter und rannte die wenigen Meter zum Pier, wo er direkt in das gut fünfzehn Meter lange Powerboot kletterte. Der Skipper hatte die Motoren bereits angelassen und ließ die beiden Maschinen aufheulen. Dreitausenddreihundert PS schoben das Boot mit ungeheurer Kraft nach vorne, und es flog über das Wasser Richtung Süden, um die Durchfahrt unter dem Robert Moses Causeway zu nehmen, ehe es kurz darauf auf dem offenen Meer die Küste entlang Richtung Osten fuhr.

Al-Halabi hielt sich an seinem Sitz fest und schickte ein Stoßgebet Richtung Himmel. Das war wirklich knapp gewesen, und hätte er nicht zu jeder Zeit für jeden Punkt, an dem er sich aufhielt, immer einen Evakuierungsplan parat, dann hätten sie ihn jetzt geschnappt, und die ganze Arbeit des letzten Jahres, ja eigentlich der letzten zwanzig Jahre, wäre vollends umsonst gewesen. Er blickte zurück und sah gerade noch, wie sein Helikopter wieder in die Luft stieg, um flach über dem

Wasser eine Weile Richtung Süden und dann mit Kurs auf die Bahamas weiterzufliegen. Es würde bestimmt eine halbe Stunde dauern, bis sie den Heli abfingen, und weitere zwanzig Minuten, bis er gelandet war. Erst dann würden sie erkennen, dass er nicht mehr an Bord war. Natürlich würde sein Pilot reden und von dem Boot erzählen. Aber da er absolut keine Ahnung hatte, wohin sie unterwegs waren, würde das dem FBI oder wer auch immer hinter ihm her war, nichts helfen. Wenn alles nach Plan lief, dachte er, dann würde er nur noch zwei Stunden brauchen. Gerade mal hundertzwanzig Minuten, und sein Werk, das er vor zwanzig Jahren mit seinem Mentor und Führer geplant hatte, würde endlich seine Vollendung finden. Und dann, dann würde er für immer vom Angesicht der Erde verschwinden.

SIEBZIG

»Verdammt noch mal, was haben Sie sich dabei gedacht?« Der Amerikaner schäumte vor Wut. Beinahe hätten sie al-Halabi geschnappt. Damit wäre seine so sorgfältig orchestrierte Planung der letzten Jahre und noch viel wichtiger sein Ziel, dem er alles untergeordnet hatte, mit einem Schlag verloren gewesen. »Ich bezahle Sie gottverdammt nochmal doch nicht dafür, dass Sie auf der Ziellinie patzen. Ab jetzt muss ich zu jeder Sekunde wissen, wo Sie sich befinden, haben Sie das verstanden? Zu jeder Sekunde!«

Sein Gesprächspartner bestätigte das und legte dann ohne ein weiteres Wort auf.

Der Amerikaner schleuderte sein Smartphone mit solcher Wucht auf den schwarzen Granitboden, dass nicht nur das Display zersplitterte, sondern das ganze Gerät zerbarst. Dann stand er auf und schob den Stuhl hinter sich weg. Er versuchte, seine Erregung unter Kontrolle zu bringen und schluckte seine Wut so gut es ging hinunter. Atmen! Tief und langsam durchatmen. Wenigstens fünfmal! Er musste sich konzentrieren. Nur noch zwei Stunden, dann würde er sein Ziel erreichen. Nur

noch hundertzwanzig Minuten und niemand konnte ihn mehr
aufhalten. Nur noch zwei Stunden, und er wäre der mächtigste
Mann der Welt.

Harper, der rechts neben dem Piloten saß, blickte ungläubig auf das iPad und klopfte mit dem Finger auf das Display. »Was machen Sie da?«, fragte der Pilot.

»Ich schaue, ob das verdammte Ding eine Störung hat, einen Wackelkontakt.«

Der Pilot sah ihn fassungslos an. Gerade als er Harper erklären wollte, wie die App funktionierte, blinkte das Signal von al-Halabis Helikopter wieder auf.

»Da ist er wieder«, rief Harper. »Er fliegt direkt Richtung Süden auf das Meer zu. Wo um alles in der Welt will er hin?«

»Soll ich ihn verfolgen?«, fragte der Pilot.

»Ja«, sagte Harper.

»Auf keinen Fall!«, hielt Krieger dagegen.

»Willst du, dass er noch weiter entkommt?«, fragte Harper.

»Ich bin mir nicht sicher, ob er überhaupt noch an Bord ist. Lass uns das Ganze kurz analysieren. Der Helikopter ist deutlich schneller als wir, das heißt, wir holen ihn sowieso nicht ein. Überlassen wir das den Jets, die hoffentlich bald aufsteigen. Wir haben ohnehin keine Chance.«

»Krieger hat Recht«, sagte Cole. »Wenn er noch an Bord

ist, sollen ihn die Jets abfangen. Ist er nicht mehr an Bord, haben wir die besten Karten, ihn jetzt aufzuspüren.« Dann wandte sie sich an den Piloten. »Gibt es in der Nähe von dem Punkt, wo wir das Signal verloren haben, eine Möglichkeit, den Hubschrauber zu landen?«

»Sie können einen Hubschrauber nahezu überall landen«, erwiderte dieser.

»Das ist mir auch klar«, sagte Cole sichtlich genervt. »Ich meine, gibt es dort einen Landeplatz, wo unser Mann das Verkehrsmittel gewechselt haben könnte, ein Auto oder ein Boot?«

Der Pilot dachte nach. »Ja, da gibt es tatsächlich einen Landeplatz, den Wagstaff Heliport. Er liegt direkt am Wasser, ist aber natürlich auch über eine Straße angebunden.«

»Wie lange brauchen wir, bis wir da sind?«, wollte Krieger wissen.

»Keine fünf Minuten.«

»Harper, was meinst du?«, fragte Krieger.

»Ja, okay, machen wir!«

Im selben Moment klingelte Harpers Telefon. Er schaute auf das Display und klemmte sich das Gerät direkt unter seinen Kopfhörer, aber bei dem Lärm konnte er nichts verstehen und legte wieder auf.

»Das war Jenkins«, sagte er.

»Was wollte er?«, fragte Cole.

»Keine Ahnung, es war zu laut.«

Harper wandte sich an den Piloten und ließ sich über das Funkgerät des Helis mit Colonel Jenkins verbinden. Cole und Krieger konnten das Gespräch über ihre Kopfhörer mitverfolgen. Nachdem Harper seinen Chef auf den neuesten Stand gebracht hatte, informierte Jenkins sie, dass die Jets die Freigabe des Präsidenten erhalten hatten und gerade gestartet waren. Mit einem knappen »Viel Erfolg!« legte Jenkins auf.

Eine Minute später landete der MH-6 Little Bird auf der

Plattform des Wagstaff Heliports. Harper, Krieger und Cole verließen den Helikopter und hielten sich schützend die Arme über den Kopf. Die Wirbel, die die Rotorblätter erzeugten, waren enorm. Sie sahen sich kurz um und rannten dann zu dem Gebäude vor ihnen. Durch die Fenster des Büros konnten sie sehen, dass noch Licht brannte. Cole zog die Tür auf, und sie betraten einen großzügig geschnittenen Raum, von dem aus man nicht nur einen perfekten Blick auf das Wasser, sondern auch auf die Landeplattform hatte.

»Landen, ohne vorher Bescheid zu sagen, ist 'ne Scheiß Idee, Jungs«, schnauzte sie der knapp zwei Meter große Riese hinter dem Tresen an. Sein Kopf war kahl rasiert, und es schien so, als säße er direkt ohne Hals auf dem muskulösen Oberkörper. Über seinem T-Shirt, auf dem das Logo einer Heavy Metal Band prangte, trug er eine schwarze Lederweste. Vor ihm lag ein aufgeschlagener Ordner, in dem er hin und her blätterte. »Und ich kann hier weiß Gott auch keine Anmeldung von euch finden. Nichts. Also seht zu, dass ihr euch wieder vom Acker macht, bevor ich die Cops rufe.«

»Wir sind die verdammten Cops«, erwiderte Harper beherrscht. »Und wir brauchen schleunigst ein paar Antworten, sonst werden die Cops *dich* für lange Zeit mitnehmen.«

Der Mann blickte auf, zuckte mit den Achseln und schien in keiner Weise davon beeindruckt.

»Ist hier in den letzten zehn Minuten ein Helikopter gelandet«, fragte Harper weiter, wobei man ihm ansah, dass es mit seiner Geduld nicht weit her war.

»Das Geschäft meiner Kunden ist privat.« Dann räusperte sich der Mann. »Wenn Sie allerdings einen richterlichen Beschluss haben sollten, könnte ich mal nachschauen, ob ich hier was in meinem Logbuch habe.«

Im selben Moment krachte ein Schuss, und der große Spiegel hinter ihm zersplitterte in tausende von Scherben.

Harper drehte sich um und blickte in den Lauf von Anna Coles Glock.

»Das ist der richterliche Beschluss«, sagte sie. »Und wenn du uns nicht sofort die Info gibst, die wir brauchen, dann sorge ich für noch einen Beschluss. Ich befürchte allerdings, dass ist der letzte, den du je sehen wirst.« Anna zielte direkt auf die Stirn des Heliport-Betreibers.

»Bist du total verrückt geworden, du dumme Schlampe, du kannst doch nicht meinen ...«

Doch weiter kam er nicht, den Cole gab einen weiteren Schuss ab. Das Projektil flog direkt an seinem rechten Ohr vorbei und schlug unmittelbar hinter ihm in die Wand ein. Der Mann zuckte zusammen, und sämtliche Coolness war aus seinem Gesicht gewichen. Mit Panik in den Augen sah er Cole an und wollte gerade wieder losschreien, als diese nur den Zeigefinger auf ihre Lippen legte.

»Ganz ruhig«, sagte sie. »Tief durchatmen, kurz nachdenken und dann sagst du uns, was wir wissen wollen. Haben wir uns verstanden?«

Der Mann nickte. Offensichtlich hatte er jetzt begriffen, dass mit der Frau vor ihm nicht zu spaßen war.

»Okay, okay, ich sag's euch ja. Ja, hier ist gerade ein Heli gelandet. Ein alter Kunde von mir, deshalb hab ich den Mund gehalten. Er meinte, seine Ex verfolge ihn mit ein paar Privatschnüfflern und ich solle bloß nichts sagen. Er ist direkt in sein Boot umgestiegen, abgehauen, und sein Heli ist wieder gestartet. Das Ganze hat keine zwei Minuten gedauert, dann waren alle weg.« Er hielt sich sein Ohr. »Ihr seid doch irre.«

»Was für ein Boot, und wo ist er hingefahren?«, fragte Harper.

»Irgendein Schnellboot. Aber ich habe keine Ahnung, wo er hingefahren ist, ich glaube, er ist raus aufs Meer. Aber wo er dann hin ist, kann ich nicht sagen.«

Harper, Cole und Krieger hatten genug gehört. Sie

verließen das Office, rannten wieder zu ihrem Helikopter und ignorierten die Schreie des Mannes, der jetzt wüst hinter ihnen her schimpfte.

Als sie in der Kabine saßen, drehte Harper sich zu Cole und Krieger um. »Richtung Osten die Küste entlang?«

Cole und Krieger nickten, und Harper instruierte den Piloten, der im selben Moment die Maschine nach oben in den Himmel zog.

Al-Halabi sah auf die Uhr. Wenn jetzt nichts mehr dazwischenkam, würde alles klappen. Er brauchte noch etwas mehr als eine Stunde. Damerow hatte alles fertiggestellt, die Raketen würden in Kürze beladen und zur Rampe transportiert werden. Er sah sich um und blickte in den Himmel. Weit und breit war kein Helikopter zu sehen, und er hoffte, dass das auch so bleiben würde. Seine Verfolger hätten ihn beinahe erwischt. Das war definitiv nicht Teil des Plans gewesen. Sein Auftraggeber hatte ihm zugesagt, dass er ihm jeglichen Ärger vom Leib halten würde. Er hätte ihm nicht vertrauen und sich selbst darum kümmern sollen, nein, müssen. Ein Amateur. Ohne Frage ein Amateur mit mehr Macht, als ihm gut tat, ein Amateur mit nahezu unbegrenzten Mitteln. Aber eben doch ein Amateur. Egal. Es war, wie es war, und er musste sich beeilen. Dann würde es funktionieren, dann würde er den größten Anschlag in der Geschichte des Terrors erfolgreich zu Ende bringen, ein Anschlag, der das Gesicht der Welt für Jahre, ja für Jahrzehnte verändern würde. Und im Anschluss würde er seine wahre Identität preisgeben. Allerdings nur, um danach für immer zu verschwinden. Er checkte das GPS-System. Noch zehn Minuten bis zu seinem Ziel.

DREIUNDSIEBZIG

UNWEIT DER HAMPTONS

Anna Cole klappte das Nachtsichtgerät an ihrem Helm nach unten und schaltete es ein. Mit einem Mal konnte sie die ganze Küstenlinie sehen.

»Wie weit kann er schon sein?«, fragte sie den Piloten.

»Das hängt von seinem Boot ab, aber wenn er genauso gutes Equipment auf dem Wasser wie in der Luft verwendet, ist er uns leicht voraus. Wenn wir die Zeit mit einberechnen, die er gebraucht hat, um von dem Heliport aufs offene Meer zu kommen, und die Geschwindigkeit, die er fahren kann, dann müssten wir ihn in den nächsten drei bis fünf Minuten einholen.«

Krieger, der genauso wie Cole und Harper ein Nachtsichtgerät trug, blickte konzentriert auf das Meer. Es waren mehr Boote unterwegs, als er gedacht hatte; es würde nicht einfach sein, al-Halabi zu identifizieren. Doch Krieger wusste genau, worauf er achten musste. Die meisten Schiffe waren mit normaler Geschwindigkeit unterwegs und hatten ihre Positionslichter gesetzt. Wonach er suchte, war ein extrem schnelles Boot, dass ohne Lichter Richtung Osten raste. Und dann entdeckte er es. Etwa drei Kilometer vor ihnen und kaum sichtbar, schoss ein Schnellboot in unmittelbarer Nähe die Küste entlang. Das musste es sein.

»Ich glaube, ich habe es«, sagte er und beschrieb dem Pilot, welches Boot er meinte.

»Gehen Sie höher und über Land und sehen Sie zu, dass Sie den Abstand etwa halten. Wir wollen ihn nicht verlieren, aber er soll uns auch nicht gleich bemerken.«

Der Pilot zog die Maschine hoch und drosselte seine Geschwindigkeit.

»Jetzt wird er langsamer«, sagte Harper. »Es sieht so aus, als würde er sich seinem Ziel nähern.«

Tatsächlich verringerte das Schnellboot die Geschwindigkeit deutlich. Der Pilot reagierte ebenfalls darauf, stieg etwas weiter in die Höhe und hielt den Helikopter schließlich in einer Entfernung von knapp drei Kilometern auf der Stelle.

Das Boot war jetzt noch dichter an die Küste gefahren und steuerte auf der Westseite des Cupsogue Beach County Parks auf eine Öffnung zu, die vom Meer in die hinter der Düne gelegene Moriches Bay führte. Von da fuhr es noch eine knappe Viertelmeile Richtung Osten, ehe es in einen kleinen Kanal einbog und schließlich an einem Steg anlegte, der direkt zu einer großen und luxuriösen Villa führte.

»Das muss der Ort sein, an dem sich Damerow befindet«, sagte Cole. »Das Grundstück ist perfekt geeignet, wenn man nicht gestört werden will. Die nächsten Gebäude sind weit genug entfernt, sodass al-Halabi da geradezu alles machen kann, was er will.«

Harper stimmte ihr zu und wies den Piloten an, noch etwas höher zu gehen, damit al-Halabi sie nicht so leicht entdecken konnte. Durch das Fernglas konnte er sehen, wie eine einzelne Person das Boot verließ. Kurz darauf legte es wieder ab und fuhr den Kanal entlang Richtung Meer.

»Okay«, sagte Krieger. »Wie schnell können wir hier mit Unterstützung rechnen?«

Harper gab die Koordinaten an Jenkins durch und schüttelte kurz danach den Kopf.

»Nicht schnell genug. Sie brauchen wenigstens zwanzig Minuten.«

»Dann müssen wir allein reingehen«, sagte Krieger. »Die Zeit spielt gegen uns, und es steht zu viel auf dem Spiel.«

Harper stimmte zu, gab dem Piloten eine Anweisung, und der Helikopter flog eine kleine Schleife, um einen idealen Landeplatz in der Nähe auszumachen. Dann ging er runter und landete auf einer Straßenkreuzung, die etwa vierhundert Meter nördlich von der Villa lag. Harper, Krieger und Cole schnappten sich ihre Ausrüstung und machten sich auf den Weg, um al-Halabi ein für alle Mal auszuschalten.

»Überprüfen Sie noch einmal alle Alarmsysteme, ich rechne jeden Moment mit Besuch«, schärfte al-Halabi dem Chef seiner Security ein. »Und sorgen Sie dafür, dass unser Gast in etwa zehn Minuten in mein Arbeitszimmer gebracht wird.«

Al-Halabi checkte den E-Mail-Account auf seinem Smartphone. Vor fünf Minuten war eine neue Nachricht eingegangen, die ihn lächeln ließ. Sie war sehr kurz, enthielt aber alle Informationen, die er für den Moment brauchte. Auf dem Display stand: *Zwei Pakete sind gepackt, das dritte wird in den nächsten fünfzehn Minuten fertig. In dreißig Minuten können alle Pakete abgeholt werden.*

Al-Halabi schloss die Tür seines Arbeitszimmers hinter sich und blickte durch die großen, bodentiefen Fenster auf das Meer, das vor ihm lag. Sein Sicherheitschef hatte ihm zwar empfohlen, sein Büro ins Innere der Villa in einen Raum ohne Fenster zu verlegen, sodass man ihn nicht von draußen sehen konnte, doch al-Halabi hatte diese Warnung in den Wind geschlagen. Allerdings hatte er alle Fenster mit Sicherheitsglas der höchsten verfügbaren Stufe ausgestattet, sodass er vor

Beschuss und einfachen Sprengsätzen geschützt war. Darüber hinaus waren die nach außen mit Holz verkleideten Wände, das Dach und auch der Boden durch Stahlplatten verstärkt und das ganze Anwesen von Kameras überwacht. Auf der Fläche zwischen der hohen Außenmauer und dem Haus patrouillierten Wachmänner mit Hunden. Oder mit anderen Worten: Er saß im Inneren einer Festung, die auch dem Angriff einer kleinen Armee standhalten könnte.

Al-Halabi ließ sich an seinem Schreibtisch nieder und öffnete seinen Laptop. Nachdem der Rechner hochgefahren und er sich über einen Scan seiner Iris identifiziert hatte, startete er das Programm, das ihm den Abschuss der Raketen ermöglichte. Diese waren zwischenzeitlich auf einer kleinen privaten Insel des Amerikaners eingetroffen, die dieser schon vor Jahren gekauft hatte. Die mobilen Abschussrampen waren in einer Lagerhalle aufgebaut und so den Blicken eventueller Überwachungssatelliten entzogen. Da auch die Halle bereits seit fünf Jahren stand, erregte sie keinerlei Aufmerksamkeit. Das Einzige was kürzlich ergänzt worden war, war die Möglichkeit, das Dach der Halle an der Südseite zu öffnen. Aber auch das war niemandem weiter aufgefallen.

Mit einem dezenten Ton meldete sich das Programm und bestätigte, dass es mit den Systemen verbunden war. Nun konnte al-Halabi die Startvorbereitung live genau überwachen. Wie in der E-Mail mitgeteilt, waren zwei der drei Raketen bereits für den Abschuss freigegeben, der Zustand der dritten Rakete stand auf »Pending«, also »ausstehend«.

Al-Halabi griff sein Telefon. Er wählte die Nummer des Amerikaners, um sich zu vergewissern, dass die Zielkoordinaten eingegeben waren und einem Abschuss nichts mehr im Wege stand. Der antwortete nach dem ersten Klingeln und bestätigte, dass die Mission wie besprochen durchgeführt werden konnte.

Al-Halabi legte auf und hoffte, dass dies das letzte Gespräch gewesen war, dass er mit seinem Auftraggeber hatte führen müssen. Wenn alles gut ging, würden sie nie wieder Kontakt haben.

Dann wandte er seine Aufmerksamkeit wieder seinem Rechner zu. Er öffnete ein zweites Programm, das ihm einen Überblick über sein verfügbares Vermögen ermöglichte. All die Konten, die unter dem Namen al-Halabi liefen, würde er nicht mehr nutzen. Er ging davon aus, dass sie längst vom FBI überwacht wurden und die Sicherheitsbehörden nur darauf warteten, dass er auf sie zugriff. Durch eine Kontobewegung könnten sie Rückschlüsse auf mögliche Kontakte zu Dritten oder auf seinen Aufenthaltsort ziehen. Doch den Gefallen würde er ihnen nicht tun. Aber das musste er auch gar nicht. Denn in den letzten zehn Jahren hatte er immer ziemlich genau ein Zehntel seiner jährlichen Einnahmen auf Offshore-Nummernkonten transferiert, deren Gesamtvolumen auf mehr als eine Milliarde Dollar angewachsen waren. Wenigstens die Hälfte der Konten war so gut verborgen, dass er sich sicher sein konnte, dass keine Behörde der Welt sie in den nächsten Jahren finden würde. Es blieb ihm also in jedem Fall Zugang zu genug Bargeld. Zufrieden schloss er wieder das Programm und gönnte sich jetzt einen Cognac. Mit großem Wohlbehagen genoss er die wärmende Flüssigkeit und wollte sich gerade nachschenken, als es an der Tür klopfte. Es war einer seiner Sicherheitsleute, der, wie von ihm angeordnet, Nicolas Damerow brachte.

FÜNFUNDSIEBZIG

»Das ist wohl ein Witz«, sagte Harper, der gerade eine Nachricht von ihrer Kontaktperson bei der Task Force Blue erhalten hatten. »Das Gebäude vor uns gehört einer Gesellschaft zur Völkerverständigung. Was für einen scheiß Humor hat dieses Arschloch?« Harper, Krieger und Cole lagen flach auf einer Anhöhe im Dünengras auf der anderen Seite des kleinen Kanals, keine dreißig Meter entfernt von al-Halabis Anwesen und beobachteten es durch ihre Ferngläser. Der Wind und das Rauschen des Meeres ermöglichten es ihnen, sich in normaler Lautstärke zu unterhalten, ohne dass sie Gefahr liefen, von al-Halabis Männern gehört zu werden.

»Was für Informationen haben wir sonst noch?«, fragte Krieger, den die Sicherheitstechnologie, die Baupläne und aktuelle Luftaufnahmen des Gebäudes interessierten. Sie konnten jeden Hinweis gebrauchen, denn was vor ihnen lag, konnte man auch wohlwollend nur als Himmelsfahrtkommando bezeichnen. Sie mussten nicht nur in das Gebäude eindringen, al-Halabi ausschalten und den Start der Raketen verhindern, sondern soweit möglich auch noch Damerow befreien. Am besten unverletzt.

»Kommt gleich«, erwiderte Harper, »wir kriegen sogar den Live-Feed einer Drohne, aber so wie das hier aussieht, haben wir eine verdammte Festung vor uns.«

»Und wann kommt die Verstärkung?«, wollte Cole wissen.

»Wir haben ein FBI-Team, das in knapp fünfzehn Minuten hier sein müsste.« Harper hielt inne und blickte auf sein Smartphone und dann in den Himmel. Ein leichtes Brummen bestätigte die Ankunft der Drohne. »Okay, wir haben jetzt einen Live-Feed vom Gebäude.« Er legte sein Handy so zwischen sich, Cole und Krieger, dass alle drei das Bild verfolgen konnten. Die Drohne war ebenfalls mit einer Nachtsichtoptik ausgestattet, sodass sie das Bild von al-Halabis Anwesen zwar in Grün, dafür aber gestochen scharf sehen konnten. Das zirka fünftausend Quadratmeter große Grundstück war von einer etwa drei Meter hohen Mauer umgeben, auf der in Abständen von zehn Metern Überwachungskameras angebracht waren. Hinter der Mauer befand sich im Zentrum des Geländes ein großes Haus, vor dem sich eine mit Holzbohlen verlegte Terrasse mit einem Pool und einem kleinen Außengebäude, vermutlich einer Bar, befand. Auf der einen Seite führte eine Auffahrt von den Gebäuden zur Straße, auf der anderen ging von der Terrasse ein schmaler Weg zu dem Steg am Kanal. Krieger machte außerdem drei kleine Gruppen aus, die aus jeweils zwei Männern und einem Hund bestanden, sie patrouillierten langsam um das Haus und blickten aufmerksam nach allen Seiten. Auf der Terrasse standen zwei weitere Männer ebenso wie am Haupteingang, der zur Straße führte.

»Ich zähle alleine vor dem Haus zehn Wächter«, sagte Cole. »Und vermutlich gibt es im Haus noch weitere.«

»Wahrscheinlich hast du recht. Lasst uns eine Bestandsaufnahme machen. Was haben wir an Ausrüstung dabei?«, fragte Krieger.

»Unsere Glocks mit jeweils drei zusätzlichen Magazinen mit neunzehn Schuss und zwei HK MP5A2 mit jeweils dreißig

Schuss und zwei Ersatzmagazinen. Dann noch unsere Westen, die Funkgeräte und die Nachtsichtgeräte.«

Krieger nickte. Nicht perfekt, aber weitaus mehr, als er schon in vielen anderen Situationen bei sich gehabt hatte. Aber sie hatten noch eine weitere Waffe, die sich als weitaus mächtiger herausstellen konnte als ihre Schusswaffen. Sie hatten Pak Sehun. Krieger hatte ihm bereits die Daten des Hauses und einige Informationen übermittelt und spürte im selben Moment, wie sein Telefon vibrierte. Er nahm das Gespräch an und stellte es auf Lautsprecher, sodass Harper und Cole mithören konnten.

»Hey Krieger, ich habe mich gerade in das System von eurem Freund eingehackt. Zumindest in sein Überwachungsprogramm. Er hat noch eine zweite Leitung, die nur zu einem Rechner führt und isoliert von dem Rest des Hauses ist. Da bin ich noch nicht drin.«

»Was bedeutet das?«

»Das bedeutet, dass mir die Kameras und Bewegungsmelder gehören. Ich kann die Kameras jeweils für ein paar Sekunden als Standbild einfrieren, sodass ihr nicht zu sehen seid, wenn ihr deren Bereich durchquert. Das Gleiche mit den Bewegungsmeldern. Am besten passt ihr jeweils eine Lücke zwischen den Wächter mit den Hunden ab und geht an der südlichen Seite über die Mauer. Da gibt es eine Hecke vor dem Haus, die euch vor den Blicken der Wachleute schützt, wenn ihr in das Haus eindringen wollt.«

Harper sah Krieger fragend an. Woher wusste Sehun in so kurzer Zeit über all das Bescheid? Dann sah er nach oben. Der Hacker musste sich auch in den Feed der Drohne eingeloggt haben, sodass er alles mitbekam, was sie sahen. Vermutlich sogar noch einiges mehr.

»Okay«, sagte Krieger. »Wann sollen wir bei der Mauer sein, um den perfekten Abstand zu haben?«

»In genau drei Minuten. Wenn ihr euch in sechzig

Sekunden aufmacht und um die südliche Spitze des Kanals geht, werdet ihr das auf den Punkt schaffen.«

Harper, Krieger und Cole sahen sich an und bestätigten kurz mit einem Blick, dass sie einverstanden waren. Harper nahm sich eine von den Maschinenpistolen und reichte Cole die andere. Krieger, der den Lautsprecher ausgestellt und sich das Headset seines iPhones in das linke Ohr gesteckt hatte, würde die Kommunikation mit Sehun aufrechterhalten. Dann machten sie sich auf den Weg. Vierzig Sekunden später hatten sie die Südseite der Mauer erreicht.

»Okay, die Kameras sind jetzt auf Standbild«, hörte Krieger die Stimme von Sehun. »In fünf Sekunden müsst ihr über die Mauer sein. Dann habt ihr genau vierzig Sekunden bis zur Hecke, ehe die Wachmänner wieder an euch vorbeikommen.« Krieger bestätigte und gab Cole und Harper ein Zeichen. Er zählte mit den Fingern von drei runter. Dann half Krieger Cole so auf Harpers Schultern, dass sie sich an der Mauer hochziehen konnte. Oben angekommen, blickte sie sich kurz um und hielt dann ihren Daumen hoch. Als Nächster kletterte Harper über Kriegers Schultern, zog sich hoch und half danach Krieger auf die Mauer. Dann ließen sich alle drei auf der anderen Seite wieder runtergleiten und überwanden die fünfzehn Meter bis zur Hecke. Keine Sekunde zu früh, wie sich herausstellte, denn im selben Moment sahen sie auch schon, wie ein Team aus zwei Wächtern mit einem Hund um die Ecke des Hauses bog. Der Hund begann nervös zu werden und zog an der Leine Richtung Mauer, genau dorthin, wo die drei gerade auf das Grundstück eingedrungen waren. Dann blickte er zum Haus, genau zu der Stelle, wo Krieger, Harper und Cole hinter der Hecke Stellung bezogen hatten. Cole hielt den Atem an. Sie hoffte inständig, dass der Hund sie nicht entdecken würde. Doch ihre Hoffnung wurde enttäuscht, denn im selben Moment fing der Hund laut an zu bellen. Der Sicherheitsmann sprach in sein Funkgerät, und keine zwei Sekunden später sprangen überall auf dem Gelände Scheinwerfer an, die das ganze Grundstück taghell ausleuchteten. Und dann passierte genau das, was nicht hätte passieren sollen. Einer der Wachmänner hatte sie hinter der Hecke entdeckt, nahm seine Maschinenpistole in Anschlag und gab eine erste Salve ab.

Der Amerikaner blickte auf sein Telefon. Eine kleine weiße Eins in dem roten Kreis zeigte ihm an, dass er eine neue Nachricht erhalten hatte. Und diese Nachricht konnte nur von einer Person sein. Sie konnte nur eine besonders gute oder eine besonders schlechte Information enthalten. Seine Uhr zeigte 21:12. Innerhalb der nächsten zwanzig Minuten würde sich alles entscheiden. Erfolg oder Niederlage. Eine Niederlage konnte, ja durfte er sich nicht leisten. Anders als sonst lag es aber nicht in seiner Hand. Nicht mehr. Er schob das Telefon von sich und zögerte, die Nachricht zu lesen. Seine Pulsfrequenz stieg, und er merkte, dass so etwas wie Panik in ihm aufloderte. Hatte er zu hoch gepokert? Durfte er so weit gehen? Er schloss die Augen und atmete tief ein. Dann griff er zu der Flasche Whipala, die vor ihm auf der Brüstung seiner Terrasse stand. Er nahm einen großen Schluck und blickte auf den Pazifik, dessen Brandung sich keine hundert Meter vor ihm brach und in regelmäßigen Wellen auf den Strand rollte. Was soll's, dachte er. Jetzt kann ich es nicht mehr ändern. Er griff nach seinem Telefon und öffnete die Nachricht.

»Was wollen Sie noch?«, fragte Nicolas Damerow, als ihn der Sicherheitsmann unsanft auf den Stuhl vor al-Halabis Schreibtisch drückte.

Dieser zündete sich eine Zigarre an und blickte erst auf den Laptop vor sich, ehe er Damerow in die Augen sah.

»Wir beide«, sagte al-Halabi dann, »wir beide werden jetzt die nächsten dreißig Minuten miteinander verbringen. Wenn sich herausstellt, dass Sie geliefert haben, wird Ihrer Familie nichts passieren, und wir können gemeinsam überlegen, was aus Ihnen wird. Sollte ich allerdings herausfinden, dass Sie mich betrogen haben – was ich mir aber nicht vorstellen kann –, dann werden wir weitere dreißig Minuten zusammenbleiben und uns über eine kleine Videoschaltung mit Ihrer Familie unterhalten.«

Damerow ruckte nervös auf seinem Stuhl hin und her. Er wusste nicht, was er sagen sollte, zu viele Gedanken schossen gleichzeitig durch seinen Kopf. Eines aber wurde ihm klar. Egal, was der Abend noch bringen würde, al-Halabi würde ihn in jedem Fall danach beseitigen. Er spürte, wie eine Kraft in ihm wuchs, die sämtliche Angst vertrieb, ein Überlebensinstinkt, den er noch nie zuvor gespürt hatte. Er wusste, dass er heute nicht sterben wollte. Nicht von der Hand dieses Verrückten, der die Welt in Schutt und Asche legen wollte. Er würde diesen Abend überleben. Und seine Familie auch. Dieser Abend würde nicht sein letzter sein, dieser Abend nicht.

Gerade als er sich ein Herz fassen und al-Halabi sagen wollte, was er von ihm und dieser absurden Situation hielt, wurde der Garten vor den Fenstern taghell erleuchtet, und es fielen Schüsse. Al-Halabi drehte sich zur Seite, sah hinaus, konnte aber außer einer leeren Rasenfläche nichts entdecken, und blickte dann zu seinem Wachmann. Der sprach in sein Funkgerät und hielt seine rechte Hand an den In-Ear-Kopfhörer, offensichtlich, um die Antwort auf seine Frage besser verstehen zu können. Dann sagte er etwas mit deutlich aufgeregter Stimme auf Arabisch zu Al-Halabi. Der griff zu einer Fernbedienung, drückte einen Knopf und unmittelbar darauf erwachten zwei große Monitore an der Wand zum Leben, auf denen die Bilder von jeweils vier Kameras zu sehen waren. Sie zeigten das Grundstück, auf dem eine ganze Reihe von Männern aufgeregt durcheinander rannten und in unterschiedliche Richtungen Schüsse abgaben. Er bellte einen Befehl, woraufhin der Wachmann Damerow aus dem Stuhl riss und unsanft durch die Tür schob. Zusammen liefen sie durch den kurzen Flur eine Treppe hinunter und hielten direkt auf eine große Stahltür zu, die mit einem elektronischen Sicherheitsschloss versehen war.

Von draußen waren immer mehr Schüsse zu hören, die nach Damerows Einschätzung aus einer Vielzahl von Waffen kommen mussten. Der Wächter tippte eine sechsstellige Nummernfolge ein, und mit einem lauten Klicken öffnete sich die schwere Tür vor ihnen. Al-Halabi, der ihnen direkt gefolgt war, in der einen Hand seinen Laptop, in der anderen eine Pistole, brüllte jetzt weitere Befehle. Der Wachmann schob Damerow durch die Tür in einen etwa zwanzig Quadratmeter großen Raum, dessen Wände aus dem gleichen Stahl zu bestehen schienen wie die Tür. Der Boden war mit dunkelgrauem Kunststoff ausgelegt, wie man ihn von Flughäfen kannte.

Damerow stolperte, weil er so stark nach vorne gestoßen wurde. Er hatte Mühe, das Gleichgewicht zu wahren. Al-Halabi schob die schwere Stahltür hinter ihnen zu. Dann tippte er eine Kombination in das Tastenfeld, und man hörte wieder ein metallisches Klicken, als die Riegel die Tür verschlossen. Der Wächter drängte Damerow auf die Seite zu einem großen Sofa und deutete ihm, sich zu setzten. Al-Halabi ging direkt zu dem Schreibtisch, der zentral in der Mitte des Raumes stand, schob seinen Laptop in die Dockingstation und nahm dann in dem großen, ledernen Schreibtischsessel Platz. Schweißperlen standen ihm auf der Stirn, was nicht an der Temperatur liegen konnte, denn in dem Raum war es eher kühl. Wieder bediente al-Halabi eine Fernbedienung und wieder erwachten zwei fünfzig Zoll große Monitore zum Leben. Das Geschehen, das die Überwachungskameras sendeten, konnte Damerow nicht einordnen. Aber er schöpfte Hoffnung. Wenn draußen eine Schießerei stattfand, dann musste jemand eingedrungen sein. Das konnte nur bedeuten, dass jemand kam, um ihn zu retten, zumindest aber, um al-Halabi von seinem Vorhaben abzuhalten.

Dieser hatte inzwischen ein Headset aufgesetzt und brüllte auf Arabisch Befehle ins Mikrofon, die Damerow nicht verstand. Dann riss er sich das Headset vom Kopf und schleuderte es in die Ecke. Er drehte seinen Kopf zu Damerow, und Hektik und Wut wichen aus seinem Gesicht, um einem breiten Lächeln Platz zu machen. »Planänderung. So wie es aussieht, haben wir Besuch bekommen. Das bedeutet, dass wir unsere Mission ein bisschen vorziehen müssen.« Dann drückte er einige Tasten auf seinem Laptop, und auf den Monitoren wechselten die Bilder der Sicherheitskameras zu dem

Programm, das mit den Raketen verbunden war – jenen Raketen, mit denen al-Halabi Damerows Chemikaliengemisch in
die Stratosphäre schicken wollte, damit sie das Leben an der
Ostküste der USA ein für alle Mal unmöglich machten.

»Was Sie hier sehen, lieber Damerow, ist der Abschluss
meines Werkes. Ich bitte Sie, Ihre Aufmerksamkeit der kleinen
Uhr in der rechten Ecke des Bildschirms zu schenken. Das ist
der Countdown, der mir sagt, wann ich die Startsequenz
einleiten kann.«

Die Uhr zeigte noch knapp zwölf Minuten an.

Cole lag flach auf dem Boden hinter der Hecke und wusste für den Augenblick nicht, was zu tun war. Sie war Ermittlerin, und keine ausgebildete Soldatin wie Harper und Krieger, die beide in Spezialeinheiten gedient hatten. Sie hörte, wie die Kugeln neben ihnen einschlugen. Zwei der drei Wachmannschaften hatten sie unter Beschuss genommen, und die dritte musste jeden Moment auftauchen.

»Wir müssen den Mauervorsprung am Pool auf der rechten Seite erreichen, hier können wir nicht bleiben. Du bist näher dran, ich gebe dir Deckung«, rief Krieger Harper durch den Lärm der automatischen Waffen zu.

»Nein, wir gehen links ums Haus, dann sind wir näher an dem Kellereinstieg, über den wir ins Innere kommen, und müssen nicht um das ganze Haus«, rief Harper zurück, rollte sich zur Seite, sprang auf und sprintete los. Krieger blieb keine Wahl, als Harper Deckung zu geben, wenn er nicht wollte, dass dieser von den Kugeln von al-Halabis Männern zerfetzt wurde. Er kniete sich hin, rief Cole zu, dass sie die Männer auf der rechten Seite ins Visier nehmen sollte, und zielte auf die beiden Wächter zu seiner linken. Die Hecke konnte ihnen zwar keinen

Schutz vor den Kugeln geben, weil sie aber dicht gewachsen und groß war, wussten al-Halabis Männer bisher nicht, wohin genau sie schießen sollten. Das änderte sich in dem Moment, als Harper den Schutz der Hecke verließ und die Aufmerksamkeit von al-Halabis Männer auf sich zog. Es dauerte nur den Bruchteil einer Sekunde, dass diese nicht mehr in Kriegers und Coles Richtung schossen, sondern sich drehten, um auf Harper zu zielen. Aber das war ausreichend Zeit für Krieger, sie auszuschalten. Er hatte die Heckler-&-Koch-Maschinenpistole auf Zwei-Schuss-Automatik gestellt und jeweils eine Salve oberhalb der Schutzwesten abgegeben. Sie konnten es sich nicht leisten, die Männer nur zu verletzen, dafür hatten sie keine Zeit. Alle vier Kugeln trafen präzise ihr Ziel, durchschlugen die Köpfe der Männer und töteten sie, noch bevor ihre leblosen Körper auf dem Boden aufschlugen.

Harper hatte inzwischen die Ecke des Hauses erreicht und war aus ihrem Sichtfeld verschwunden, als Krieger Cole hinter sich schreien hörte. Sie hatte mit ihrer Glock die beiden Wachmänner auf der rechten Seite unter Beschuss genommen, sodass diese in Deckung gegangen waren. In schneller Folge hatte sie neunzehn Kugeln abgefeuert und damit ihr Magazin vollständig geleert. Das hatten auch die Wächter mitbekommen. Der erste rollte aus seiner Deckung und legte mit seiner Pistole auf Cole an. Krieger, der sich umgedreht hatte, stieß Cole zur Seite und zog den Abzug seiner Maschinenpistole dreimal in schneller Folge durch. Doch er war einen Moment zu spät, der andere hatte vor ihm gefeuert.

Krieger spürte, wie die Kugel seine Brust oberhalb des Solarplexus traf. Er wurde nach hinten gerissen und rang nach Atem, war aber nicht tödlich verletzt. Die neuartige Schutzweste, die im Unterschied zu den herkömmlichen Westen nicht nur aus Keramik-Platten bestand, sondern zusätzlich aus einer Flüssigkeitsschicht, die die Energie des Geschosses absorbierte, hatte das Projektil abgefangen.

Während Krieger sich über die Seite abrollte, um sein Ziel erneut ins Visier zu nehmen, hatte Cole ihre Glock nachgeladen und weitere Schüsse Richtung des zweiten Wachteams abgegeben. Der Schütze, der Krieger erwischt hatte, war bereits ausgeschaltet, denn vier von Kriegers sechs Schüssen hatten ihn erwischt und den rechten Arm förmlich von seinem Körper gerissen. Schreiend wälzte er sich auf dem Boden. Sein Kollege, offensichtlich überfordert von der Situation, wollte ihm zu Hilfe eilen und verließ seine Deckung. In dem Moment, in dem er seinen Fehler realisierte, war es auch schon zu spät, denn die Neun-Millimeter-Kugel aus Coles Glock traf ihn direkt in die Schläfe und schleuderte ihn nach hinten. Mit einem weiteren gezielten Schuss schaltete Cole den am Boden liegenden Wachmann aus. Von einem Moment auf den anderen war es still.

»Wo ist Harper?«, rief Cole, und noch bevor Krieger antworten konnte, fielen wieder Schüsse.

»Hier lang«, rief Krieger und deutete in Richtung der rechten Seite des Hauses, hinter der Harper verschwunden war. Kurz vor der Ecke gab Krieger Cole ein Zeichen, direkt hinter ihm zu warten. Mit seiner HK im Anschlag blickte Krieger um die Ecke, nur um sich blitzschnell wieder zurückzuziehen – und das keinen Moment zu früh, denn sofort schlugen Kugeln in der Hauswand vor ihm ein. Anders als erwartet, drangen diese aber nicht durch das Holz der Verkleidung, sondern prallten ab. Krieger blickte Cole an. »Querschläger. Das ist kein Holzhaus, das ist eine verdammte Stahlwand.«

»Und Harper?«

»Der sitzt drei Meter von uns entfernt hinter einem Vorsprung, der zum Kamin führt. Solange die keine weiteren Leute aus dem Haus nach draußen schicken, kann er da nicht getroffen werden. Aber das kann nicht mehr lange dauern.« Er blickte zu den Kameras, die auch hier an der Seite des Hauses angebracht waren. Dann sah er Cole in die Augen. »Hör mit jetzt genau zu, Anna. Ich werde einmal um das Haus rennen und die Jungs von hinten überraschen. Das geht aber nur, wenn du sie hier ablenkst.«

Cole nickte. Sie vertraute Krieger voll und ganz. Er reichte ihr die H&K-Maschinenpistole, nachdem er die Automatik auf Einzelschuss gestellt hatte. »Du wirst alle drei Sekunden einen Schuss abgeben. Knie dich beim ersten Mal hin und halte die Waffe einfach um die Ecke. Du musst leicht schräg schießen, damit du Harper nicht erwischt. Und gib ihm über Funk Bescheid, dass er mich nicht ins Visier nimmt, wenn ich um die Ecke komme. Verstanden?«

Cole nickte.

»Dann los!«

Krieger rannte so schnell er konnte am Haus entlang, die Glock im Anschlag. Hinter sich hörte er, wie Cole regelmäßig ihre Schüsse abgab und über Funk Harper informierte.

Krieger erreichte die Ecke an der anderen Längsseite des Hauses, wo es auf der Terrasse am Pool vorbeiging, als er ein weiteres Geräusch hörte. Das war Rotorlärm. Er schaute in den Himmel und sah in der Ferne einen Blackhawk Hubschrauber im Tiefflug ankommen. Das musste das FBI-Team sein, dachte er, konzentrierte sich dann aber wieder auf seine Aufgabe. Bevor er um die nächste Ecke rannte, vergewisserte er sich mit einem schnellen Blick, dass dort keine weiteren Sicherheitsleute waren, und sprintete dann weiter. Nach etwa fünfundzwanzig Metern näherte er sich dem Ende der Querwand. Ihm war bewusst, dass hinter der nächsten Ecke vor dreißig Sekunden noch die beiden Wachen des dritten Teams gewesen waren. Cole feuerte weiter ihre Schüsse ab, die immer wieder von Salven der Wächter unterbrochen wurden. Sehr gut, dachte Krieger als er die nächste Ecke des Gebäudes erreichte. Er ging in die Hocke und blickte blitzschnell um die Ecke. Da standen die beiden hinter der Motorhaube eines Dodge RAM, ihre Maschinenpistolen im Anschlag, während sie Salven Richtung

Cole abgaben. Krieger brauchte nur zwei Schüsse, um die beiden auszuschalten. Die Kugeln schlugen in ihre Hinterköpfe und nahmen ihnen sofort das Leben.

»Clear«, rief Krieger und sowohl Cole als auch Harper kamen aus ihrer Deckung auf ihn zu.

»Sehun, hörst du mich?«, fragte Krieger. »Wie sieht es aus, kommen weitere Wachleute aus dem Gebäude?«

»Nein«, ertönte die Stimme des koreanischen Hackers aus Kriegers iPhone Kopfhörern. »Ganz im Gegenteil. Ich habe mich in die inneren Überwachungskameras eingehackt, und so wie es aussieht, verschanzen sich al-Halabis Leute. Ich habe noch zehn weitere gezählt. Al-Halabi selbst ist mit einem Wachmann und einem Dritten, ich vermute Damerow, in eine Art Safe-Room im Keller geflüchtet. Von dort aus hat er eine Internetverbindung aufgebaut, in die ich noch nicht eindringen konnte. Ich befürchte allerdings, dass das die Verbindung zu den Raketen ist, und wenn ihr euch nicht wirklich beeilt, dann kommt ihr zu spät!«

»Okay, wie kommen wir am besten in das Haus rein?«

»Nach wie vor über die Kellerklappe an der Seite, wo ihr gerade seid. Oh, warte, nein, über euch auf der Terrasse sind gerade zwei Männer aufgetaucht. Sie sind allerdings nicht auf dem Weg zu euch, sondern tragen etwas auf ihren Schultern.«

Krieger musste den Kopfhörer dicht an sein Ohr drücken, denn Sehun war wegen des Rotorlärms kaum noch zu verstehen. Der Blackhawk des FBI war nur noch gut hundert Meter entfernt und gerade im Begriff zu landen, als auf einmal über ihnen ein lautes Zischen zu hören war. Krieger blickte nach oben und erstarrte. Er kannte das Geräusch nur zu gut und wusste, dass der Hubschrauber verloren war. Al-Halabis Männer hatten eine Boden-Luft-Rakete auf das FBI-Team abgefeuert. Krieger wusste, dass es bei der Entfernung unmöglich war, dass der mit Infrarot und UV-Strahlung ausgestattete Suchkopf sein Ziel verfehlte. Drei Sekunden später erfüllten sich seine Befürchtungen, und der Blackhawk mitsamt dem FBI-Team explodierte in einem riesigen Feuerball. »Auf den Boden«, schrie Krieger und im selben Moment schlugen rings um sie herum Trümmerteile des abgeschossenen Helikopters ein.

Lautstark krachte der Hauptteil dessen, was von dem Hubschrauber noch übrig war, keine fünfzig Meter von ihnen entfernt auf den Boden und brannte dort aus. Es war ausgeschlossen, dass irgendjemand diesen Angriff überlebt hatte.

»Pak, was ist mit den Männern? Sind sie noch auf der Terrasse über uns?«, fragte Krieger.

»Nein, sie sind wieder im Haus. Und da werdet ihr auch gleich sein, denn ich habe das Sicherheitssystem gehackt und kann euch gleich jede Tür öffnen. Ihr müsst mir jetzt aber ganz genau zuhören, damit ihr al-Halabis Männern nicht in die Falle lauft, die diese gerade für euch aufbauen.«

In den nächsten zwei Minuten teilte Sehun den dreien mit, über welchen Eingang sie ins Haus kommen und wie sie, ohne in den Hinterhalt zu geraten, am einfachsten al-Halabis Männer ausschalten konnten. Nachdem er fertig war, blickte Krieger Harper an.

»Dieses Mal stimmen wir uns ab, bevor du einfach losrennst. Das hat mich und Cole fast das Leben gekostet.«

»Reg dich nicht auf, Krieger, ihr seid noch am Leben. Wenn wir deinem Vorschlag gefolgt wären, wäre das wahrscheinlich anders. Und wer sagt mir jetzt, dass dein koreanischer Freund uns nicht in den Tod schickt? Ich sage, wir gehen durch den Keller und dann als Team gemeinsam vor. Wenn wir uns aufteilen, wie Sehun empfiehlt, dann geben wir unsere komplette Deckung auf. Wenn er sich irrt, dann sind wir im Arsch. Wenn er nicht alle Informationen hat, dann laufen wir direkt in den Tod.«

»Ich sage, wir vertrauen Sehun«, erwiderte Cole, und Krieger stimmte ihr zu.

»Nur über meine Leiche«, sagte Harper.

Krieger spürte, wie die Wut in ihm aufstieg, er befürchtete, dass er Harper nicht würde überzeugen können. Für lange Diskussionen fehlte ihnen jegliche Zeit. Das Einzige, was für Harpers Taktik sprach war, dass Krieger genauso vorgegangen wäre, wenn sie keine Informationen gehabt hätten. Aber sie hatten welche und würden jeglichen strategischen Vorteil in den Wind schießen, wenn sie diese nicht nutzten. Gerade als Krieger einen letzten Anlauf annehmen wollte, Harper zu überzeugen, öffnete dieser die Klappe zum Keller, und verschwand im Haus. Wieder blieb Krieger keine andere Möglichkeit, als ihm zu folgen, denn er wusste, dass sie nur gemeinsam eine Chance hatten, al-Halabi rechtzeitig auszuschalten. Cole blickte ihn fragend an, und Krieger nickte ihr zu. Dann folgten sie Harper durch die Klappe und verschwanden ebenfalls im Dunkel des Kellers von al-Halabis Festung.

»Ich verstehe das Problem, und genau deshalb gibt es auch keinen Grund, mich anzuschreien. Sie haben noch zehn Männer im Haus und sitzen im Safe-Room. Von da aus können Sie die Operation durchziehen, ohne dass Sie noch jemand aufhalten kann. Also beruhigen Sie sich. Es wird sich ein Weg finden.«

Aber al-Halabi dachte nicht im Geringsten daran, sich zu beruhigen. Sein Auftraggeber hatte gut reden. Er saß ja nicht hier fest. Aber für al-Halabi gab es kaum eine realistische Möglichkeit, aus seinem Haus zu entkommen. In weniger als zwanzig Minuten würde es hier vor FBI-Agenten nur so wimmeln. Der einzige Fluchtweg, den er hatte, war ein Tunnel, der in ein fünfhundert Meter entferntes Haus führte, um von dort aus mit einem Boot über das Meer zu flüchten. Doch dieser Ausweg rückte immer mehr in unerreichbare Ferne. Wütend beendete er das Gespräch und warf sein Telefon gegen die Stahlwand, wo das Gerät zersplitterte und jedes Leben aus dem Gerät wich.

»Boss, sehen Sie! Das wird Ihnen nicht gefallen«, sagte der

Sicherheitsmann, der mit ihm und Damerow im Bunker seines Hauses war, und zeigte auf den Monitor.

Mit Schrecken sah al-Halabi, wie Harper, Krieger und Cole keine zehn Meter von ihnen entfernt durch die Klappe in den Keller gelangten. Sie hatten Nachtsichtgeräte auf und bewegten sich so sicher durch die dunklen Gänge, als würde ihnen jemand den Weg leiten.

»Wie um alles in der Welt sind sie da reingekommen?«

»Keine Ahnung, aber wie es aussieht, wissen sie genau, wo sie hinmüssen, um unsere Männer zu erledigen. Wie kann das sein?«

»Rufen Sie sofort alle über Funk und teilen Sie ihnen mit, wo sich die drei aufhalten. Ich möchte, dass sie sofort exekutiert werden.«

Der Wachmann griff nach seinem Funkgerät, das über eine gesonderte Verbindung auch aus dem Safe-Room senden und empfangen konnte. Aber die Leitung war tot. Im nächsten Moment fiel der Strom im gesamten Haus aus. Der kleine Bunker wurde nur noch von dem Schein von al-Halabis Laptop beleuchtet. Al-Halabi war fassungslos. Irgendjemand spielte mit der Elektronik seines Haus. Wie hatten sie das geschafft? War das FBI etwa schon da und hatte die Leitungen gekappt? Noch bevor er den Gedanken weiterdenken konnte, erwachten die Monitore an den Wänden wieder zum Leben, und auch die Neonröhren an der Decke fingen mit einem Flackern wieder an zu strahlen. Das Notstromaggregat war angesprungen.

Was al-Halabi allerdings jetzt auf seinem Monitor sah, trieb seinen Zorn noch mehr in die Höhe. Einer nach dem anderen wurden seine Männer von dem Team um Krieger aufgerieben. Die drei Agenten bewegten sich so zielstrebig durch sein Haus, als wüssten sie genau, wo sich seine Leute aufhielten.

Im selben Moment gab sein Laptop einen Ton von sich. Al-Halabi blickte auf das Display, und seinen Augen erhellten sich. Die dritte Rakete war nun auch startbereit; in drei Minuten würde er sie auf den Weg schicken können. Von einem Moment auf den anderen war er wie verwandelt, und aller Zorn und aller Ärger schien wie weggeblasen.

Triumphierend blickte er zu Damerow. »Sehen Sie, mein Lieber. Noch ein paar Minuten, und die Welt, wie wir sie bisher gekannt haben, wird ein Ende nehmen. Das werden Ihre Freunde nicht verhindern können, denn hier kommen sie nicht rein und nur von hier könnten sie die Raketen noch aufhalten.«

Dann fing er an zu lachen und sah zu seinem Sicherheitsmann. »In wenigen Momenten, mein lieber Hassan, werden die US of fucking A in ein Chaos geworfen, von dem sie sich Jahrzehnte lang nicht erholen werden. Das wird das Ende der US of fucking A. Das wird das Ende sein.«

Dann gab es ein lautes Klicken, das durch den Raum hallte, und von einer Sekunde auf die andere war al-Halabis Euphorie ebenso schnell verschwunden, wie sie gekommen war. Panik erfüllte seine Augen, als er sah, wie die schwere Tür, die ihn vor Krieger, Harper und Cole schützen sollte, sich langsam öffnete.

»Okay, jetzt haben wir ein Problem«, sagte Sehun, der Krieger, Harper und Cole in den letzten drei Minuten zielgenau zu al-Halabis Männern geführt hatte, sodass sie schon sechs von zehn ausgeschaltet hatten. Da er Zugriff auf die Kameras hatte, konnte er nahezu jeden Schritt von al-Halabis Männern vorhersagen.

»Was für Problem?«, fragte Krieger und blieb stehen.

»Einer von den Männern ist unten im Safe-Room, die anderen drei sind in die Privaträume von al-Halabi geflohen, aber dort sind keine Kameras angebracht. Es gibt zwei Zugänge, einer über den Salon, der andere über die Küche und den angeschlossenen Flur. Der Weg über den Salon ist schneller, aber da sind sie rein. Ich würde euch den Weg über die Küche empfehlen. Wenn ihr den Flur bis zum Ende weitergeht, geht es links zum Salon und rechts zur Küche.«

»Wir gehen durch den Salon«, sagte Harper. »Damit rechnen sie nicht, weil es zu offensichtlich wäre.«

»Nein«, sagte Krieger, »wir gehen über die Küche. Wenn wir schnell sind, nutzen wir das Überraschungsmoment.«

Cole wurde wütend. Das konnte doch nicht sein. Wie

konnten die beiden so schlecht zusammenarbeiten? Krieger hatte schon eine Kugel abbekommen, und es war nur seiner Weste und einer gehörigen Portion Glück zu verdanken, dass er überhaupt noch am Leben war. Gerade als sie den beiden sagen wollte, dass sie sich zusammenreißen sollten, hörte sie hinter sich einen Schuss. Das war das Letzte, was sie wahrnahm, denn im nächsten Moment ging Anna Cole getroffen zu Boden.

Krieger hatte sich fallen lassen und im gleichen Moment so gedreht, dass er mit der Glock im Anschlag den Schützen direkt vor sich hatte. Er zog den Abzug zweimal kurz hintereinander durch, und der Kopf von al-Halabis Sicherheitsmann zerplatze wie ein reifer Kürbis. Ohne ihn weiter zu beachten, beugte sich Krieger über den leblosen Körper seiner Partnerin. Coles Gesicht war voller Blut, ihre Augen waren offen und starrten ausdruckslos nach oben.

Krieger drehte sich zu Harper, dem das Entsetzen ins Gesicht geschrieben stand. Im nächsten Moment, schneller als Harper realisierte, was geschah, sah er wie Krieger seine Glock auf ihn richtete und drei weitere Schüsse abgab.

EINUNDACHTZIG

Al-Halabi hatte seinen Sicherheitsmann nach oben geschickt und ihm befohlen, die Eindringlinge auszuschalten. Der Mann hatte nicht lange gezögert und war dem Befehl seines Chefs sofort gefolgt. Auf den Monitoren hatte al-Halabi verfolgt, wie sein Mann die Frau getroffen hatte, bevor er selbst erschossen wurde. Er hoffte inständig, dass seine übrigen Männer die anderen beiden jetzt überwältigen konnten. In ihm flammte die Hoffnung auf, doch noch über seinen Fluchtweg entkommen zu können. Aber er musste noch zwei Minuten warten, denn nur von seinem Rechner aus konnte er durch einen Scan seines Fingerabdrucks die Startsequenz auslösen.

Was für ein dilettantisches Programm, dachte er. Warum kann ich den Befehl nicht jetzt geben und schon verschwinden? Aber das konnte er jetzt nicht ändern. Und andererseits wollte er es auch nicht wirklich ändern. Er wollte sehen, wie er den Start auslöste und wie die Raketen abhoben. Sein Auftraggeber hatte ihm gesagt, dass sie so flach über das Meer rasen würden, dass sie von den Abwehrraketen des US-Militärs nicht erfasst werden würden. Außerdem würde er die GPS-Satelliten im selben Moment deaktivieren, sodass sie einen weiteren Vorteil hätten. Fünfzehn Minuten nach dem Start würden die Raketen unmittelbar vor den beiden großen Städten im Norden senkrecht in den Himmel aufsteigen und ihre tödliche Ladung in der Stratosphäre freisetzen. Das würde der kritische Moment sein, in dem sie noch abgefangen werden konnten, aber es war sehr unwahrscheinlich, dass es soweit kommen würde, sagte sein Auftraggeber. Die Chancen standen eins zu fünfundzwanzig.

Noch eineinhalb Minuten. In diesem Moment hörte er wieder Schüsse. Er blickte auf den Monitor und konnte nicht glauben, was er da sah, denn es schien so, als würde der eine Agent seinen Kollegen erschießen.

ZWEIUNDACHTZIG

AL-HALABIS VILLA – THE HAMPTONS

Harper konnte nicht fassen, was gerade geschah. Hatte Krieger tatsächlich auf ihn geschossen? Aber wieso war er nicht getroffen? Wie konnte das sein? Krieger konnte ihn auf diese Distanz unmöglich verfehlt haben. Noch ehe er den Gedanken zu Ende denken konnte, hörte er Krieger rufen. »Hinter dir, Harper, lass dich fallen.«

Auf einmal machte alles wieder Sinn. Krieger hatte gar nicht auf ihn geschossen, sondern auf ein Ziel unmittelbar hinter ihm. Harper ließ sich zusammensacken und rollte sich so ab, dass er sich um hundertachtzig Grad drehte und mit seiner Glock auf die Angreifer direkt hinter ihm zielen konnte. Er blickte in die Mündungen von zwei Maschinenpistolen, die auf ihn gerichtet waren. Die Gesichter der Männer, die die Waffen hielten, spiegelten Hass und Entschlossenheit wider. Harper wusste, dass er unmöglich noch einen gezielten Schuss abgeben konnte, bevor er von den Kugeln der Männer erfasst würde. Er schloss die Augen, um das Unvermeidliche nicht mitansehen zu müssen, doch statt zweier Salven aus den automatischen Pistolen hörte er lediglich zwei Schüsse. Als er die

Augen wieder öffnete, war der Ausdruck des Hasses auf den Gesichtern der Männer einem Unglauben gewichen, dann sackten beide in sich zusammen und fielen direkt neben ihren toten Kollegen auf den Boden. Krieger hatte sie mit zwei gezielten Schüssen in die Stirn ausgeschaltet.

»Wie steht es?«, fragte der Amerikaner in seinen Hörer, und dieses Mal sprach er nicht mit al-Halabi.

»Sie werden es schaffen«, schallte die Antwort seines Gesprächspartners aus dem Lautsprecher.

»Sehr gut, ich verlasse mich auf Sie!«

»Und ich verlasse mich auf eine pünktliche Zahlung.«

»Wenn Sie Ihren Job erledigt haben, dann ...« erwiderte der Amerikaner, aber ein Tuten in der Leitung zeigte ihm, dass sein Gegenüber schon aufgelegt hatte.

VIERUNDACHTZIG

AL-HALABIS VILLA – THE HAMPTONS

»Was ist mit Anna?«, rief Harper.

»Ich glaube, sie ist tot, ich spüre keinen Puls«, antwortete Krieger, der immer noch über Cole gebeugt war. Er fühlte Wut, Ärger und Verzweiflung in sich aufsteigen. Warum hatte es Cole erwischt und nicht ihn? Er fühlte sich für ihren Tod verantwortlich. Das hätte nicht passieren dürfen. Er hätte sie beschützen müssen.

»In sieben Minuten ist Verstärkung hier, die haben einen Arzt dabei«, riss ihn Harper aus seinen Gedanken. Er hielt seine Hand über dem Kopfhörer an seinem Ohr, um die Nachricht besser verstehen zu können.

Krieger blickte auf. Es war noch nicht vorbei. Er schloss die Augen, und es kostete ihn alle Kraft, den Verlust von Cole für den Moment beiseite zu schieben. Er blickte Harper an.

»Lass uns das Schwein erledigen und die Welt retten.« Harper hielt seinem Blick stand und sah Krieger direkt an. Seinen Augen verrieten mehr als tausend Worte, und zum ersten Mal seit ihrer Ankunft in New York vor zwei Tagen wusste Krieger, dass er sich voll und ganz auf ihn verlassen konnte. Kein Bullshit mehr, keine Konkurrenzkämpfe. Zum ersten Mal zogen sie am gleichen Strang und würden gemeinsam kämpfen.

Im gleichen Moment hörten sie Sehun über die Telefonverbindung: »Ihr habt alle erledigt bis auf al-Halabi. Er ist mit Damerow im Safe-Room im Keller. Ich konnte mich immer noch nicht in seine Leitung einhacken, ihr müsst ihn also ausschalten. Und wenn ihr mich fragt, dann solltet ihr keine Zeit verlieren.«

Krieger bestätigte die Information und machte sich dann mit Harper auf den Weg.

FÜNFUNDACHTZIG

AL-HALABIS VILLA – THE HAMPTONS

Al-Halabi hatte auf dem Monitor verfolgt, wie seine drei verbliebenen Sicherheitsleute erschossen wurden. Jetzt waren es noch sechzig Sekunden, bis er den Abschuss der Raketen starten konnte. Er wusste, dass Krieger und Harper keine Minute brauchen würden, um in den Safe-Room vorzudringen. Er blickte zu Damerow, der ebenso wie er die Lage realistisch einschätze. Damerows Ausdruck, der für einen Moment von Hoffnung geprägt gewesen war, verfinsterte sich. Al-Halabi war mit drei schnellen Schritten bei dem Schweizer Chemiker, griff ihn und zerrte ihn zu seinem Schreibtisch. Er hielt ihn wie einen Schild vor sich und drückte ihm die Mündung seiner Waffe von hinten in den Rücken. Im selben Moment erschienen Harper und Krieger in der Öffnung der schweren Stahltür. Sie hatten ihre Glocks im Anschlag und zielten auf al-Halabi.

»Ein Schritt weiter, und Damerow ist tot«, rief er.

Krieger und Harper verharrten für einen Moment still, und dann passierte etwas, womit keiner von ihnen gerechnet hatte. Damerow drehte sich um, schlug al-Halabi mit seinem Ellenbogen ins Gesicht und riss in der Bewegung den Laptop vom Schreibtisch. Die beiden Männer fielen zusammen auf den Boden, und al-Halabi feuerte seinen Revolver ab. Damerow schrie, und sein Gesicht war von Schmerz verzerrt. Mit offenem Mund starrte er Krieger und Harper an, die auf den Tisch zustürzten. Al-Halabi, der unter Damerow lag, ließ seine Pistole fallen und griff mit der rechten Hand nach seinem Laptop, der links neben ihm auf den Boden aufgeschlagen war. Im selben Moment, in dem er von drei Schüssen aus Harpers Glock getroffen wurde, berührte er den Fingerabdrucksensor. Dann wich sämtliches Leben aus seinem Körper.

Krieger, der die Situation sofort erfasste, rief Harper zu, er solle sich um Damerow und den Laptop kümmern, drehte sich auf dem Fuß um und stürmte die Treppe wieder hoch zu Cole. Er beugte sich über seine Partnerin, die immer noch leblos auf dem Boden des Flurs lag, und öffnete ihr vorsichtig ihre schusssichere Weste. Die Kugel von al-Halabis Sicherheitsmann war in einem denkbar ungünstigen Winkel unterhalb der Achsel in die Weste eingedrungen. Sie war voller Blut. Krieger nahm sein Messer, schnitt vorsichtig ihren Blouson auf und konnte kaum glauben, was er dann sah. Das Projektil war in Annas iPhone eingedrungen und hatte das Gehäuse so zerstört, dass Metall- und Glassplitter überall in ihren Brustkorb eingedrungen waren und starke Blutungen verursacht hatten. Das Projektil selbst aber war im Gehäuse des Telefons hängengeblieben. Es bestand noch Hoffnung.

Er fühlte ihren Puls. Nichts. Dann begann er mit einer Herzmassage und Beatmung. Sein Gefühl sagte ihm, dass seit dem Treffer nicht mehr als drei bis vier Minuten vergangen sein konnten.

Etwa eine Minute später kam Harper zu ihm und verstand sofort. Er griff zu seinem Telefon, sprach kurz in den Hörer und wandte sich dann an Krieger.

»Der Arzt ist in drei Minuten da.«

Dann machte er sich auf den Weg, um die Türen zu al-Halabis Anwesen für das FBI-Team zu öffnen.

235

SECHSUNDACHTZIG

AL-HALABIS VILLA – THE HAMPTONS

Eine halbe Stunde später saßen Krieger und Harper auf der Dachterrasse von al-Halabis Anwesen und blickten auf das Meer. Sowohl Damerow als auch al-Halabi lebten nicht mehr. Colonel Jenkins hatte die Schweizer Behörden informiert und um Unterstützung gebeten. Sie würden Damerows Frau die tragische Nachricht persönlich überbringen. Das war keine Information, die man am Telefon mitteilen konnte.

Anna Cole hingegen hatte noch einmal Glück gehabt, sie war vorerst mit dem Leben davon gekommen. Durch den Treffer hatte sie einen Schock mit Herzstillstand erlitten, ihre Organe waren aber nicht lebensgefährlich verletzt. Der Arzt hatte sie mit dem Defibrillator wieder ins Leben zurückgeholt. Da sie nicht bei Bewusstsein war, konnte er allerdings noch keine Aussage treffen, ob sie bleibende Schäden zurückbehalten würde.

»Krieger«, begann Harper, ohne ihn dabei anzuschauen.

»Ich weiß«, erwiderte Krieger, und Harper nickte einfach nur. Dem amerikanischen Agenten war klar, dass beide eine Verantwortung an Coles Situation trugen.

In diesem Moment kam ein Computerspezialist des FBI auf die Terrasse.

»Gentlemen«, sagte er, mit einem triumphierenden Ton in der Stimme. »Es wird Sie freuen zu hören, dass wir zwei der drei gestarteten Raketen abfangen und über dem Meer abschießen konnten.«

Krieger und Harper sahen auf.

»Die dritte Rakete scheint eine Fehlfunktion gehabt zu haben, denn sie hat kurz nach dem Start mehrfach die Richtung gewechselt und ist schließlich über dem Golf von Mexico vom Radar verschwunden. Wir vermuten, dass sie ins Meer gestürzt ist.«

»Und die anderen beiden Raketen?«, wollte Harper wissen.

»Das ist das Erstaunliche«, sagte der Spezialist. »Obwohl sie technisch in der Lage gewesen wären, bis kurz vor dem Ziel unterhalb der Erfassung unseres Radars zu fliegen, sind sie gleich steil nach oben gestiegen, sodass unsere Abfangraketen keine Schwierigkeit hatten, sie zu zerstören. Zur Sicherheit hatten wir auch noch Abfangjäger über der Ostküste im Einsatz. Diese konnten aber unverrichteter Dinge wieder landen.«

Krieger sah erst Harper und dann den FBI-Mann an. »Sie meinen also, wir haben die Raketen nur deshalb so leicht abfangen können, weil sie einen Kurs geflogen sind, der uns das ganz leicht gemacht hat?«

»Ganz genau. Aber glauben Sie mir, auch die schlauesten Verbrecher begehen immer wieder Fehler.«

Harper sprang auf und sprach aus was Krieger dachte. »Ich kann Ihnen eins versichern, das war kein Zufall. Wo genau ist die dritte Rakete verschwunden?«

»Über dem Golf von Mexico. Wieso?«

»Versetzen Sie sofort wieder alle in Alarmbereitschaft. Die beiden Raketen waren mit Sicherheit nur ein Ablenkungsmanöver! Wir müssen die dritte Rakete finden.«

Der Mann vom FBI lachte. »Das ist ausgeschlossen, machen Sie sich keine Sorgen. Sie müssen sich täuschen.«

Dann fasste er sich ans Ohr, offensichtlich, weil ihn jemand über sein Funkgerät kontaktierte. Und mit einem Mal wich sämtliche Zuversicht aus seinem Gesicht.

SIEBENUNDACHTZIG

AL-HALABIS VILLA – THE HAMPTONS

»Was ist los?«, wollte Krieger wissen, doch der Mann stürmte zurück ins Haus, die Treppe runter direkt in den Keller. Krieger und Harper folgten ihm auf dem Fuße. Im Safe-Room angekommen, nahm er sich al-Halabis Rechner und tippte auf der Tastatur, doch der Bildschirm blieb schwarz. »Die dritte Rakete ist soeben wiederaufgetaucht und in diesem Moment in die Stratosphäre über der Wüste von Arizona, unweit von Yuma eingedrungen.«

Erneut sprach er in sein Funkgerät und wanderte für einige Minuten im Zimmer auf und ab. Dann wandte er sich wieder Krieger und Harper zu. »So wie es aussieht, haben wir Glück im Unglück. Ich hatte mit meiner ursprünglichen Annahme wohl recht. Die Rakete muss vom Kurs abgekommen sein. Sie hat zwar tatsächlich in der Stratosphäre eine Ladung freigesetzt, dies ist aber über komplett unbewohntem Gebiet geschehen. Vermutlich hält sich der Schaden in Grenzen. Denn selbst wenn die Chemikalie ein Loch in die Ozonschicht gerissen hat, dann ist das über unbewohntem Wüstengebiet geschehen. Da wächst ohnehin kein Gras.«

Krieger und Harper sahen einander an, und keiner von

beiden schien mit der Erklärung wirklich zufrieden zu sein. Irgendetwas stimmte hier nicht.

Dann klingelte Harpers Telefon. Es war Jenkins. Er informierte sie, dass Anna Cole wieder zu Bewusstsein gekommen war, jetzt aber absolute Ruhe brauchte. Der Arzt war allerdings einverstanden, dass Harper und Krieger sie am nächsten Morgen gegen zehn Uhr besuchten. Zu diesem Zeitpunkt könnte er auch eine erste Prognose abgeben, welche Auswirkung Annas Verletzung und ihr Herzstillstand tatsächlich haben würden.

»Dann war's das erst mal für heute«, sagte Harper. »Morgen wissen wir mehr.« Mit diesen Worten folgte er dem FBI-Agenten, der ihn und Krieger zum Debriefing ins Headquarter der Task Force Blue bringen würde.

ACHTUNDACHTZIG

Colonel Jenkins klappte den Ordner vor sich zu.

In den letzten sechzig Minuten hatten Harper und Krieger ihm und Hugo Karch, der über Video zugeschaltet war, von den Ereignissen der vergangenen Stunden berichtet. Zwischenzeitlich war auch ein erster Bericht aus Arizona eingetroffen, der ihre Annahme bestätigt hatte. So wie es aussah, hatten sie Glück im Unglück, denn obwohl sich das Loch in der Ozonschicht nach wie vor weiter ausbreitete, befand es sich tatsächlich über vollkommen unbewohntem und auch weitestgehend unerschlossenem Wüstengebiet.

»Gentlemen, es sieht ganz so aus«, fasste Jenkins die Geschehnisse der vergangenen Tage zusammen, »als hätten wir es Ihnen zu verdanken, dass es zu keiner Katastrophe an der Ostküste gekommen ist. Der Schaden wäre nach Auskunft unserer Experten und der Messdaten, die wir aus Yuma haben, verheerend gewesen.«

Krieger sah ihn zweifelnd an. »Wir haben Damerow verloren und um ein Haar auch Anna.«

»Das stimmt«, schaltete sich Hugo Karch ein, »und das ist

sehr bedauerlich, aber nach unserer aktuellen Einschätzung trifft Sie daran keine Schuld.«

Harper sah zu Krieger, und als sich ihre Blicke begegneten, wussten beide Männer, dass sie das anders sahen. Zumindest, was Cole betraf. Ihre Zusammenarbeit war alles andere als professionell gewesen, und um ein Haar hätte ihr Verhalten Cole das Leben gekostet. Und auch jetzt wussten sie noch nicht, ob Anna wieder vollkommen genesen würde.

»Ich kann Ihnen versichern«, fuhr Jenkins fort, »dass wir ohne Ihr Eingreifen mit an Sicherheit grenzender Wahrscheinlichkeit keine Chance gehabt hätten, die beiden nicht fehlgeleiteten Raketen rechtzeitig abzufangen. Ich schlage vor, dass Sie sich erst einmal ausschlafen. Wir treffen uns morgen Mittag. Zu diesem Zeitpunkt erwarte ich Ihren vollständigen Bericht.« Dann erhob er sich, und auch Hugo Karch verabschiedete sich. Die Besprechung war beendet.

Krieger und Harper hatten allerdings keineswegs vor, sich jetzt auszuschlafen und waren sich beide einig, wohin sie fahren würden.

NEUNUNDACHTZIG

NEW YORK CITY – PRESBYTERIAN HOSPITAL

Harper lenkte den schweren Wagen auf das Gelände des New York-Presbyterian Hospitals in der 525 East 68th Street. Der Pförtner hatte ihm, nachdem er seinen Ausweis gezeigt hatte, einen Parkplatz in der Nähe des Haupteingangs zugewiesen. Krieger und Harper stiegen aus und betraten das Krankenhaus. Sie erkundigten sich kurz bei der Information, wo sie Anna Cole finden würden, und machten sich dann auf den Weg zur Intensivstation.

Nachdem sie sich bei der diensthabenden Schwester erneut ausgewiesen hatten, wurden sie in ein Zimmer geführt, um auf den behandelnden Arzt zu warten.

Keiner von beiden sprach ein Wort, zu angespannt waren sie, zu ungewiss war es, was ihnen der Doktor über Annas Zustand berichten würde.

Etwa zehn Minuten später betrat ein Mann in hellblauer Krankenhauskleidung und einem weißen Kittel den Raum.

»Agent Harper, Agent Krieger«, begrüßte er sie. »Technisch gesehen darf ich Ihnen keine Auskunft über den Zustand von Agent Cole geben, da Sie beide weder mit ihr verwandt noch verheiratet sind.« Er machte eine Pause und gerade als Krieger protestieren wollte, fuhr er fort: »Da Sie aber offensichtlich Partner sind, werde ich eine Ausnahme von der Regel machen, wenn Sie mir versprechen, dass das unter uns bleibt.«

Harper und Krieger nickten stumm.

»Ihre Kollegin hat riesiges Glück gehabt, und das gleich zweimal. Das erste Mal, als ihr Handy das Projektil abgefangen hat. Wir haben zwar über sechzig Splitter aus ihrem Brustkorb entfernt, aber keiner war so weit eingedrungen, dass er lebensgefährliche Verletzungen verursacht hätte. Allerdings ist sie aufgrund der Wucht des Geschosses in eine Art Schockzustand mit gleichzeitigem Herzstillstand verfallen. Und hier kommen wir zum zweiten Mal, dass sie Glück hatte. Hätten Sie nicht nach so kurzer Zeit mit der Herzmassage und Beatmung begonnen, und hätten die Sanitäter sie nicht so schnell wiederbelebt, dann hätte sie – wenn überhaupt – nur mit schwersten Hirnschäden überlebt.«

Er blickte Krieger an. »Nach allem, was ich gehört habe, waren Sie derjenige, der so schnell zur Stelle war. Und das – obwohl ich diese Information gar nicht haben dürfte und deshalb auch gleich wieder vergessen werde –, nachdem Sie uns allen wohl das Leben gerettet haben.«

»Was bedeutet das jetzt?«, fragte Krieger.

»Das bedeutet, dass Ihre Kollegin wieder vollständig und ohne bleibende Schäden genesen wird. Ich habe gerade mit ihr gesprochen und auch ein paar Gehirnscans durchgeführt. Sie ist bei vollem Bewusstsein, hat auf alle Fragen unauffällig reagiert, und auch ihre Vitalwerte sehen vollkommen normal aus. Ich habe ihr ein starkes Schlafmittel gegeben, denn sie braucht jetzt ein bisschen Ruhe. Wir werden sie wenigstens vier Tage hierbehalten. Dann können Sie sie wieder mitnehmen.«

»Wann können wir sie sehen?«, fragte Harper.

Der Arzt schaute auf seine Uhr. »Die nächsten zwölf Stunden wird sie schlafen, und dann werden wir zur Sicherheit noch einige weitere Tests durchführen. Also schlage ich vor, dass Sie so in sechzehn Stunden wiederkommen. Hinterlassen Sie Ihre Nummern am Empfang, wir rufen Sie an.«

Mit diesen Worten drehte er sich um und verließ den Raum genauso schnell, wie er gekommen war.

NEUNZIG

IRGENDWO IN DEN USA

Zufrieden lächelnd stand der Amerikaner am Strand und blickte über den Ozean. Er hatte eine Shorts und ein T-Shirt an, darüber eine dunkelblaue Fleecejacke. Das kalte Wasser des Meeres spielte um seine Beine, es reichte ihm bis knapp unter die Knie. Er liebte dieses Gefühl, und er liebte den Ozean. Und er liebte den Erfolg. Alles war so gekommen, wie es hatte kommen sollen. Er spürte, wie eine große Last von seinen Schultern fiel. Er bedauerte zwar zutiefst, dass der Schweizer Chemiker gestorben war, das war nicht beabsichtigt gewesen; allerdings konnte er seine Freude über al-Halabis Tod nicht verhehlen. Al-Halabi oder Taher Omran, wie er eigentlich geheißen hatte, war ein Monster gewesen. Nicht nur, dass er während seiner Zeit als General in Saddam Husseins Armee für den Tod tausender Unschuldiger verantwortlich gewesen war, er hatte auch den Anschlag auf das World Trade Center geplant und geleitet. Der Amerikaner weinte ihm keine Träne nach. Ein durch und durch schlechter und böser Mensch war tot. Und er hatte dafür gesorgt, dass es so gekommen war. Er hatte dafür gesorgt, dass alles so gekommen war, wie es kommen sollte. Ohne es zu wissen und ohne es zu wollen, hatte al-Halabi als sein Werkzeug an einem Plan mitgewirkt, den er zum Wohle der Menschheit erdacht hatte. Hätte al-Halabi die wahren Motive des Amerikaners gekannt, hätte er sich niemals zu einer Zusammenarbeit bereit erklärt. Der Amerikaner schüttelte den Kopf. Unglaublich, aber al-Halabi hatte wirklich geglaubt, er wollte die Ozonschicht über der Ostküste der USA zerstören, was politische Instabilität, ja wahrscheinlich sogar bürgerkriegsähnliche Zustände ausgelöst hätte. Dabei war das alles nur ein Ablenkungsmanöver, um das Augenmerk von seinem wirklichen Vorhaben zu lenken. Und das würde er frühestens in drei Monaten weiterverfolgen. Ohnehin erwartete er, dass die Öffentlichkeit kein Sterbenswort von den tatsächlichen Geschehnissen der letzten drei Tage erfahren würde. Colonel Jenkins hatte ihn bereits kontaktiert und um seine Kooperation gebeten. Das war perfekt, denn die Artikel, die am nächsten Morgen in der Presse erscheinen würden, waren so weit von der Wirklichkeit entfernt, dass es ihm nur noch mehr in die Karten spielen würde. Er schloss die Augen, blickte gen Himmel und dankte Gott mit einem Stoßgebet, dass er ihm so sehr geholfen hatte. Dann lachte er. Denn eigentlich glaubte er gar nicht an Gott.

Krieger hatte nach dem Besuch im Krankenhaus bei Karch angerufen und seinem Chef noch einmal persönlich geschildert, wie er die Ereignisse bewertete. Dabei hatte er auch nicht verschwiegen, dass es nur wegen seiner und Harpers falscher Einschätzung zu der Verletzung von Cole gekommen war. Karch meinte, er würde deswegen keine Untersuchung einleiten und Krieger solle nicht so hart gegen sich selbst sein. Dann teilte er ihm mit, wie und in welchem Umfang die Öffentlichkeit über die Ereignisse informiert werden würde. Krieger hielt nichts davon, falsche Meldungen zu verbreiten, aber er wusste, dass das manchmal die einzige Möglichkeit war, eine Panik zu verhindern. Er hatte früh in seinem Beruf gelernt, dass es manchmal notwendig war, der Öffentlichkeit nicht alles zu sagen, was tatsächlich passierte, denn wenn diese wüsste, wie oft die Welt schon am Abgrund gestanden hatte, würden manche Menschen nicht mehr ruhig schlafen können.

Vier Stunden später wurde Krieger von dem Alarm seines Handys geweckt. Es war acht Uhr. Auch wenn er nur kurz geschlafen hatte, fühlte er sich frisch und erholt. Er duschte, zog sich an und öffnete dann dem Kellner, der ihm das bestellte

Frühstück brachte. Der junge Mann schob den Wagen ins Zimmer, bedankte sich für das großzügige Trinkgeld und schloss die Tür wieder hinter sich.

Kriegers Blick fiel sofort auf die Schlagzeile des *Daily Standard*, der neben der Kaffeekanne auf dem Servierwagen lag.

VERLEGER DES STANDARD IN DER NACHT EINEM HIRNSCHLAG ERLEGEN. MELDUNGEN ZUM GEPLANTEN ANSCHLAG AN DER OSTKÜSTE: FAKE NEWS!

Der Artikel, der der Überschrift folgte, setzte haarklein auseinander, dass Hakim al-Halabi unter einem unerkannten Tennisball großen Gehirntumor gelitten hatte, dessen Folge Bewusstseinsstörungen gewesen waren, die den Verleger gegen den ausdrücklichen Willen seiner Chefredaktion dazu verleitet hatten, die allesamt unwahren und geradezu abenteuerlichen Schlagzeilen über ein angeblich geplantes terroristisches Attentat zu veröffentlichen. Mitarbeiter und Angehörige bedauern den Tod ihres Chefs zutiefst und entschuldigen sich im gleichen Maße, dass sie den falschen Berichterstattungen nicht früher widersprochen hatten. Der Bericht ging weiterhin darauf ein, dass die gestohlenen Raketen des Unternehmers Ethan Moore zwischenzeitlich wiederaufgetaucht seien. Ein Mitarbeiter des Unternehmens hätte diese selbst »entführt« in der Hoffnung, ein beträchtliches Lösegeld dafür zu kassieren. Der Schweizer Wissenschaftler blieb allerdings verschwunden. Berichten zufolge hatte er ein Boot chartern und damit aufs Meer fahren wollen. Es kann nicht ausgeschlossen werden, dass er dabei verunglückt sei. Die Suche liefe allerdings weiter.

Krieger schüttelte den Kopf und schaltete den Fernseher an. Alle Nachrichtensender waren auf die Story aufgesprungen, und die einheitliche Meinung war, dass, wenngleich der Tod eines großen Verlegers natürlich tragisch sei, die Macht einer Zeitung, die Bevölkerung mit so einer Räuberpistole über eine bevorstehende Katastrophe zu erschüttern, eine große Gefahr darstellte.

Es würde nicht lange dauern, bis die üblichen Experten in Talkshows ausführlich darüber berichten würden, dass sie den Ausgang der Geschehnisse natürlich lange vorhergesehen hatten und dass das Ganze ja von Anfang an klar war. In vier oder fünf Wochen würde kein Mensch mehr darüber berichten.

Krieger schaltete den Fernseher wieder aus und widmete sich seinem Frühstück. Er goss sich einen Schluck des heißen, dampfenden Kaffees ein, aß dazu Eier mit Speck und blätterte weiter im *Standard*. Eine Meldung fehlte noch.

Im hinteren Teil der Zeitung entdeckte er sie dann. Ein kurzer Bericht setzte sich mit den Folgen des Klimawandels auseinander und teilte mit, dass das erste Mal seit Jahren die Ozonschicht an unterschiedlichen Stellen der Erde genauer untersucht würde. Auch die USA, hieß es weiter, könnten davon betroffen sein. Eine Gefährdung der Bevölkerung sei allerdings ausgeschlossen. Krieger schüttelte ungläubig den Kopf. Er wusste, dass es in den nächsten Tagen weitere Meldungen dazu geben würde, bis schließlich das Ozonloch in Arizona gefunden werden würde. Er konnte allerdings nicht glauben, dass die Behörden damit tatsächlich davonkommen würden. Zu viele Angehörige des Militärs und der Sicherheitsbehörden wussten von den Raketen und was wirklich geschehen war. Irgendwann mussten zwangsläufig Informationen an die Öffentlichkeit gelangen. Irgendjemand redete immer. Allerdings, sagte sich Krieger, hatte es solche Situationen schon häufiger in der Vergangenheit gegeben. Die meisten waren in Vergessenheit geraten, andere hingegen wurden noch diskutiert, allerdings von den etablierten Medien zumeist als Verschwörungstheorien abgetan.

Aber das war jetzt nicht mehr sein Problem. Etwas anderes war viel wichtiger, dachte er und blickte auf die Uhr. Es war an der Zeit, Anna zu besuchen.

Mit einem Ruck setzte der Learjet auf dem Dulles International Airport in Washington auf. Seitdem Cole aus dem Krankenhaus entlassen worden war, war eine Woche vergangen. Sie, Harper und Krieger hatten eine Einladung ins Weiße Haus erhalten. Der Präsident wollte ihnen persönlich für ihren Einsatz und Verdienst um die Sicherheit der Vereinigten Staaten und der westlichen Welt danken. Das Treffen würde allerdings in sehr privatem Rahmen stattfinden, denn die Öffentlichkeit sollte nie erfahren, was wirklich geschehen war. Die offizielle Version war nach dem Erscheinen im *Daily Standard*, der inzwischen einen neuen Eigentümer hatte, noch für einige Tage in den Medien präsent gewesen und war dann recht schnell auf den hinteren Seiten gelandet, ehe die Geschichte von neuen Ereignissen verdrängt wurde.

»Auch das Ozonloch haben sie zwischenzeitlich gefunden«, sagte Anna mit einem sarkastischen Lächeln und reichte Krieger eine Ausgabe der *Washington Post*. Auf Seite zehn war dort zu lesen, dass das über der Wüste von Arizona entdeckte Ozonloch vermutlich auf ungünstige Winde und Umwelteinflüsse zurückzuführen sei und dass Klimaforscher dessen Entstehen genauestens untersuchten.

Irgendwie fühlte sich das falsch an, dachte sie. Denn auch wenn ihr klar war, warum nicht alles an die Öffentlichkeit gelangte, widerstrebte ihr das zutiefst. Ihrer Meinung nach hatte die Öffentlichkeit einen Anspruch auf die Wahrheit. Und wenn diese Wahrheit schwer zu ertragen war, dann würde sie damit umzugehen lernen müssen. Gerade als sie Krieger fragen wollte, wie er das sah, kam ihr Flugzeug zum Stehen.

Harper, der Coles Unbehagen bemerkte, selbst aber eine andere Einstellung dazu hatte, nutzte die Gelegenheit, das Thema zu wechseln und sagte: »Na dann, holen wir uns mal unsere Medaillen ab.«

Sie verließen das Flugzeug über die kleine, in die Tür eingelassene Treppe. Vor dem Jet auf dem Rollfeld wartete bereits eine große schwarze Limousine auf sie.

Die gut fünfundzwanzig Meilen lange Strecke zum Weißen Haus legten sie in fünfundvierzig Minuten zurück. Anna genoss die Fahrt schweigend und schaute gebannt auf all die berühmten Gebäude und Sehenswürdigkeiten, die sie kurz vor der 1600 Pennsylvania Avenue sahen. Am meisten faszinierte sie aber das Weiße Haus selbst, das im Norden und Süden von verhältnismäßig großen Grünflächen eingerahmt wurde, aber ansonsten viel weniger freistand, als es in den meisten Fernsehaufnahmen den Anschein hatte. Tatsächlich befand es sich mitten im Zentrum der Stadt. Ihr Wagen passierte den Pförtner, und die schweren Tore zur Auffahrt der Zentrale des mächtigsten Mannes der Welt öffneten sich.

Vor dem Hauptportal wurden sie von einer persönlichen Mitarbeiterin des Präsidenten empfangen, die sie über einige Treppen bis vor das Oval Office, sein offizielles Büro, führte.

»Sie müssen noch einige Minuten warten, der Präsident hat gleich Zeit für Sie. Kommen Sie doch bitte noch kurz mit, dann müssen Sie nicht im Flur stehen. Kann ich Ihnen etwas zu trinken anbieten?«

Harper lehnte dankend ab, Krieger und Cole entschieden sich jeweils für einen Kaffee. Fünf Minuten später kam die Mitarbeiterin zurück.

»So, wenn Sie bitte mit mir kommen wollen, es ist soweit.«

Sie folgten der Mitarbeiterin und betraten wenig später das Oval Office, das, wie Cole feststellte, genauso aussah wie im Fernsehen. Nur irgendwie etwas kleiner. Der Präsident persönlich nahm sie in Empfang und schüttelte jedem von ihnen herzlich die Hand, eher er sie zu der Sitzgruppe gegenüber seines Schreibtisches führte.

Offensichtlich war er sehr gut gebrieft, denn er dankte ihnen für ihren Einsatz und erwähnte dabei immer wieder Einzelheiten, die auf seine Detailkenntnis schließen ließen. So ganz anders als sein Vorgänger, der nach nur einer Amtszeit nicht wieder zur Wahl angetreten war und sich mehr auf Twitter als in der Politik aufgehalten hatte, dachte Anna Cole.

Am Schluss der genau fünfzehn Minuten dauernden Besprechung heftete der Präsident jedem der drei eine Verdienstmedaille ans Revers, schüttelte ihnen erneut die Hand und versicherte ihnen nochmal seine Dankbarkeit. Dann kam die gleiche Mitarbeiterin, die sie auch schon ins Oval Office geführt hatte, und begleitete sie wieder hinaus. Auf dem Flur, keine fünf Meter vom Office entfernt, kam ihnen ein Mann entgegen, der sich komplett ohne Begleitung bewegte. Krieger erkannte ihn sofort. Es war Ethan Moore, der visionäre Unternehmer, dessen Raketen für den Anschlag verwendet worden waren. Als sie etwa auf gleicher Höhe waren, kreuzten sich ihre Blicke, und Krieger zuckte innerlich zusammen, denn selten hatte er in so kalte, berechnende Augen gesehen. Cole und Harper, die gerade miteinander sprachen, hatten von der Szene nichts mitbekommen. Als Krieger sich noch einmal umdrehte, sah er, wie Moore das Oval Office betrat.

DREIUNDNEUNZIG

WASHINGTON, D. C.

Eine halbe Stunde später saßen sie bei Starbucks an der 14th Street NW. Krieger und Cole würden am gleichen Abend mit einem Linienflug von Washington über Frankfurt nach Berlin und Harper mit dem Lear Jet wieder nach New York fliegen. Schweigend blickten sie auf die Medaillen, die vor ihnen lagen.

»Anna«, fing Harper an, doch Cole unterbrach ihn.

»Ich weiß, was du sagen willst. Aber Schwamm drüber, ist ja noch mal gut gegangen.«

Harper nickte und blickte ihr tief in die Augen. Cole erwiderte seinen Blick. Sie glaubte darin so etwas wie Bedauern und wie ein schlechtes Gewissen zu erkennen. Und noch etwas. Etwas Tieferes. Konnte das sein? Sie war sich nicht sicher und gerade als sie sich selbst fragte, was sie eigentlich für Harper empfand, unterbrach Krieger die Stille.

»Das war's dann also«, sagte er und nahm seine Medaille in die Hand.

»Ja«, erwiderte Harper, »das war's dann.« Ein unsicheres Lächeln zeichnete sich auf seinem Gesicht ab, doch dann schloss er seine Augen und unterbrach den Blick zu Cole. »Das war's dann.«

Sie saßen noch eine Weile schweigend beieinander und tranken ihren Kaffee. Momentan gab es einfach nichts mehr zu sagen.

Dann standen sie auf und riefen sich ein Uber, mit dem sie zum Flughafen fuhren. Sie hielten zunächst am Check-in für Cole und Kriegers Flug. Mit einer Umarmung verabschiedeten sie sich von Harper, der dann wieder in den Uber stieg, um zum privaten Teil des Hauptstadtflughafens zu fahren.

Pünktlich um 18.05 Uhr hob Lufthansa Flug LH419 Richtung Frankfurt ab, und Krieger hatte das unbestimmte Gefühl, dass das noch nicht das Ende dieses Einsatzes gewesen sein konnte.

Krieger saß an seinem üblichen Tisch im *Pasta e Basta* in der Knesebeckstraße und freute sich auf den großen Teller Spaghetti mit Salsiccia und Tomatensauce, der dampfend vor ihm stand.

»Könnte ich noch etwas scharfes Öl bekommen?«, bat er die italienische Kellnerin, die ihm mit einem breiten Lächeln zunickte und ihm kurz darauf die kleine Karaffe mit dem Öl auf den Tisch stellte.

Krieger liebte scharfes Essen, und er liebte das *Pasta e Basta*. Er ging mindestens einmal im Monat hier essen, und jedes Mal war es wie ein kleiner Ausflug aus seinem wirklichen Leben in eine ruhige und friedliche Welt, in der alles in Ordnung war.

Er drehte die erste Gabel Spaghetti auf und wollte sie sich gerade in den Mund schieben, als jemand eine Zeitung vor ihn auf den Tisch warf. Krieger blickte auf. Es war Anna Cole.

»Dachte ich mir doch, dass ich dich hier finde. Du bist nicht ans Telefon gegangen.«

Krieger ließ die Gabel sinken und war gerade im Begriff Cole zu fragen, was denn so wichtig sei, als sein Blick an der Schlagzeile der *New York Times* hängen blieb.

Im Weiteren führte der Artikel aus, dass Ethan Moore und der Präsident der Vereinigten Staaten einen Vertrag über die Lieferung von Strom aus Solarenergie abgeschlossen hatten. Der Vertrag sicherte Moores Unternehmen PASCAL eine Mindestabnahme zu, die innerhalb der nächsten fünfundzwanzig Jahre auf bis zu fünfundsiebzig Prozent des US-amerikanischen Stromverbrauchs ansteigen würde. Sollte PASCAL in der Lage sein, Strom in entsprechender Menge zur Verfügung stellen zu können, würde der Vertrag sich automatisch um weitere fünfundzwanzig Jahre verlängern. Um diese enormen Menge an Strom zu erzeugen, hatte die Regierung der Firma PASCAL einen Pachtvertrag über das Stück Wüste in der Nähe der Stadt Yuma im Bundesstaat Arizona zur Verfügung gestellt, das durch ein bislang nicht geklärtes Phänomen aufgrund eines Schadens in der Ozonschicht ohnehin nicht anderweitig genutzt werden konnte. Der jährliche Pachtzins für das riesige Wüstenstück betrug einen symbolischen US-Dollar pro Jahr. Ein Firmensprecher von PASCAL lies verlautbaren, dass dieses Stück Erde – untechnisch gesprochen – deshalb besonders gut geeignet wäre, um Strom aus Solarkraft zu erzeugen, da die durch das Loch in der Ozonschicht nahezu ungefiltert auf die Erde treffenden UV-Strahlen besonders ergiebig seien.

Das Weiße Haus verwies darauf, dass dieser Vertrag einen wichtigen Schritt in eine ökologisch saubere Zukunft bedeute und die Vereinigten Staaten damit in Fragen des weltweiten Klimaschutzes die westlichen Nationen anführten. Der Sprecher ließ es sich nicht nehmen, die europäischen Länder daran zu erinnern, dass es nun an ihnen sei, entsprechende Konzepte für ihre Nationen umzusetzen, und sie weniger Energie darauf verwenden sollten, die USA als größten Umweltsünder der Welt darzustellen.

»Weißt du, was das bedeutet?«, fragte Cole, die sich inzwischen an Kriegers Tisch gesetzt und einen großen Schluck von seinem Wein getrunken hatte.

Krieger musste nicht lange nachdenken, denn mit einem Mal fielen alle Puzzleteile an ihren Platz.

»Moore. Es war Ethan Moore, der hinter der ganzen Sache steckte«, sagte Krieger. »Er hat al-Halabi dazu benutzt, ein scheinbar auf die Ostküste der USA ausgerichtetes Attentat durchzuführen, um von seinem eigentlichen Ziel abzulenken. Es ging ihm von Anfang an darum, seinen Solarpark in der Wüste aufzubauen. Nur hätte er nie so viel Land erhalten, wenn es nicht durch das Loch in der Ozonschicht unbrauchbar geworden wäre. Und was gibt es besseres als Wüstenland, um Solarenergie zu erzeugen?«

Cole nickte. »Meinst du, das war Moore alleine? Könnte noch jemand dahinterstecken?«

Krieger hielt einen Moment inne. »Lass uns das mal kurz durchdenken. Wenn Moore dahintersteckt, dann muss er neben al-Halabi noch einen anderen Komplizen gehabt haben, der ihm geholfen hat. Stell dir einfach mal Folgendes vor, Anna: Was wäre, wenn wir Teil des Ganzen waren? Wenn wir Schritt für Schritt die Ereignisse durchgehen, dann ging Moores Plan deshalb so gut auf, weil wir und Harper jeweils immer im richtigen Moment die richtigen Informationen erhalten haben und genau dann und dort zur Stelle waren, wo wir sein sollten. Gekrönt wurde die Scharade mit dem spektakulären Finale in al-Halabis Anwesen. Er musste es schaffen, die Raketen abzuschießen, das heißt wir sollten ihn dabei erwischen, aber einen winzigen Moment zu spät ausschalten. Und nicht nur ihn. Auch alle Zeugen, die Wachmänner und sogar Damerow, also alle, die irgendetwas gewusst haben konnten, sind ebenfalls tot.«

»Wenn das stimmt, dann muss Moore einen Insider gehabt haben, mit dem er die ganze Zeit in Verbindung stand, jemand, der ihn über alle unsere Schritte informiert hat und uns Schritt für Schritt begleitet oder sogar geleitet hat.«

»Ganz genau.«

»Harper?«, fragte Cole mit einem Zweifel in ihrer Stimme.

»Nein, er kam erst ins Spiel, als der Plan schon lief«, erwiderte Krieger.

»Wer dann? Jenkins? Nein, das kann auch nicht sein.« Cole sah Krieger an, und sie erkannte in seinen Augen, dass er die Antwort bereits wusste. In diesem Moment fiel es ihr wie Schuppen von den Augen. Es gab nur eine einzige Person, die dafür in Frage kam. Angefangen von den Informationen über die gehackten Satelliten, über den Zugriff auf Informationen und Systeme, die ihnen geholfen haben, bis hin zu der detaillierten Unterstützung in al-Halabis Anwesen. Es gab nur einen einzigen Menschen, der von Anfang an dabei gewesen war und ihnen immer, wenn sie es brauchten, zur Seite gestanden hatte: Pak Sehun.

Cole sah Krieger an, und er nickte.

»Ich dachte, er wäre dein Freund«, sagte Cole.

»Das dachte ich auch.«

Krieger stand auf, griff nach seinem Telefon und verließ das Restaurant. Vor der Tür wählte er Sehuns Nummer, doch er bekam nur eine Ansage, dass dieser Anschluss zurzeit nicht vergeben sei.

Zurück im *Pasta e Basta* setzte er sich wieder an seinen Tisch. Anna Cole hatte sich inzwischen auch ein Glas Wein bestellt.

»Weißt du was, Krieger, so verrückt das alles klingen mag und losgelöst davon, dass wir nur Spielfiguren in einem perfekt arrangierten Plan waren, und vergessen wir auch mal deine persönliche Enttäuschung über deinen vermeidlichen Freund, hat das Ganze vielleicht sogar auch etwas Gutes.«

Krieger sah sie zweifelnd an.

»Also, zum einen ist al-Halabi endlich zur Rechenschaft

gezogen worden. Außerdem werden die USA sich jetzt wohl schneller als gedacht aus der Atom- und Kohleenergie zurückziehen können und sind auch weniger abhängig vom Öl der Golfstaaten. Und schließlich werden sie vielleicht auch mal über die Sicherheit ihrer GPS-Anlagen nachdenken.«

»Auch, wenn du in allen Punkten recht hast,« erwiderte Krieger, »darfst du zwei Sachen nicht außer Acht lassen. Denn offensichtlich gibt es da draußen einen Mann, der nicht nur uns, sondern auch die Regierung der Vereinigten Staaten manipuliert hat, um seine Ziele zu erreichen. Und einen koreanischen Hacker, der einen großen Fehler begangen hat. Seinen letzten.«

Ohne genau zu wissen warum, musste Krieger wieder an den Einsatz in Ungarn denken, bei dem ein unschuldiges Menschenleben ausgelöscht worden war. Das Gesicht des kleinen Jungen erschien vor seinem inneren Auge. So schwer es war, dass er diesen Fehler nicht ungeschehen machen konnte: Dieses Mal würde er das Richtige tun.

Cole sah Krieger an. Im selben Moment wurde ihr klar, dass Krieger noch eine Rechnung zu begleichen hatte.

Pak Sehun saß an seinem Designer-Schreibtisch vor drei großen Monitoren und tippte in einer atemberaubenden Geschwindigkeit auf seinem Keyboard. Im Hintergrund lief Technomusik in einer derartigen Lautstärke, dass er nicht mitbekommen hatte, wie sich die Tür zu seinem Penthouse-Apartment geöffnet hatte.

Das änderte sich schlagartig, als von einem Moment auf den anderen die Musik verstummte. Erschrocken drehte sich Sehun in Richtung seiner Anlage um und zuckte dann zusammen.

»Krieger, was tust du denn hier? Wie um alles in der Welt hast du mich gefunden? Und wie bist du hier überhaupt reingekommen?«

»Warum, Pak, warum?«, erwiderte dieser nur.

»Was meinst du, Mann? Ich weiß nicht, wovon du redest.«

Statt einer Antwort zog Krieger seine Glock mit aufgesetztem Schalldämpfer aus seiner Jacke und schoss Sehun zwei Kugeln in die Stirn. Dann schob er den Stuhl mitsamt dem koreanischen Hacker beiseite und setzte sich an den Rechner. Er steckte einen USB-Stick in einen der Ports, und ein automatisches Programm saugte alle Informationen von dem Rechner. Dann öffnete er Sehuns E-Mail-Programm und verfasste eine Nachricht, die außer dem Betreff keinen weiteren Inhalt hatte: *Du bist aufgeflogen!*

Dann setzte er den Empfänger ein und schickte die Nachricht ab.

Fünf Sekunden später spürte Ethan Moore eine Vibration in seiner Tasche.

ENDE